ああ　わがプーシキン
無用者の冠をはずし
どこかに
[illegible]、権力の構図をあぶりだす
[illegible]値はないか
[illegible]りつよい
知の切札（カード）はないか

現代詩文庫　207

思潮社

尾花仙朔詩集・目次

詩集〈有明まで〉全篇

詩集〈春靈〉全篇

散文

作品論・詩人論

装幀・菊地信義

詩篇

詩集〈縮図〉から

反芻

お葬い
さびしいお葬い　にぎやかなお葬い
日に何度かのお葬いがある
六つの頭　五人のひとが
ひっそりと囲んでゆく葬列
門口から
ながくながく続いてゆく葬列
親　兄弟　妻　恋人
めいめいに潤んだ顔でかなしそうな
友人と大勢の知人達
花輪に顔を濡らしてゆくもの
あの人が無くした日を胸にかかえてゆくもの
あの人が墜とした空を心にひしとだいてゆくもの
日に何度かのお葬いがある

お葬いがあると　飼われている
家畜はとても生き生きとなる
解放された心地がする
お葬いがある日
家畜は安心して眠ることができる
たくさんの愉しいゆめをみることができる
人間は親切になる
家畜は物やさしい眼を向ける
こんなとき動物は媚びのない感謝を示すのだ
と人間は家畜のことをそう思い
こんなとき人間は匿していた智慧を示すのだ
と家畜達は思う
お葬いの日
家畜達は守護されている
屠殺業の主人さえ細心になる
彼はその日　不可視的なものを視ることができるのだ
家畜達の住居にあゆんできて彼は
戸口の前にもえて回る炎の剣をみておどろく

おそるおそる食餌を置いて彼は
足音しのびかえってゆく

お葬い
日に何度かのお葬いがある
胸に白布でつつんでゆく小さな方舟
何人かでかついでゆく背丈ほどの方舟
方舟には過去の人が
カラカラとやさしい骨ではいっている
しずかなやさしい面輪ではいっている
そしてみんなはめいめいに贈物をもっている
ごらん
手に手に　未来
手に手に　カルタ
手に手に　銀貨
手に手に　匕首
手に手に　槌
手に手に　お符
手に手に　快楽
手に手に　麻薬
手に手に　鎖
手に手に　絶望
ひとかかえもある絶望をもっている

方舟は　だんだん
やさしい人の重さで重くなる
これはきっと
あの人の肩書のせいなのだ
と方舟を運んでゆく人達は考える
方舟には亡くなった人の肩書がしるしてある
主のところへゆくのには
こうして現世での身分を証すものだ
それが審判というものだ
と信心深い人はおもう
財閥　重役　元参謀　市長　代議士　検事正
それから消したつもりの肩書さえ
だれかがきっと顔を仕立ててやってくる

さびしいお葬い
にぎやかなお葬い
日に何度かのお葬いがある
さびしい葬列がにぎやかな町をとおってゆく
にぎやかな葬列がさびしい道をとおってゆく
牛が重い荷物を曳いてやってくる
坂道でとうとう動けなくなる
牛方は棒で牛の背を根かぎりたたく
犬がみて涙ぐむ
涙をいっぱい目に浮べながらいっさんにかけさる
犬は葬列をつれてもどってくる
牛方は険難な顔になる
葬列は進んでゆく
方舟は牛方の内臓にはいってゆく
犬も白いあしをあげてはいる
とほうもないこのできごとに牛方は錯誤する
来襲!
上陸用舟艇で襲撃する敵
牛方の経験は刹那

戦場の記憶へ遡及したのだ
方舟がでてくる
牛方のちぎれた内臓にまみれながら
葬列がぬけでる
後から犬
犬がげっそりやつれた顔であらわれる

お葬い
日に何度かお葬いがあり
日に何度かおなじことがくりかえされる
葬列はお墓にたどりつく
周りをかこみ
掘った穴に方舟をおろすと
サラサラと土をかけてお花を挿す
お花は枯れる
腐って二度と咲きださない
だが人々はめいめいに贈物をもっている
お葬いがすんで家に帰ると
庭の土を耕して

想い出とともに贈物のかずかずを植える
植えること
それは死者との約束なのだ
と人々はおもう
それから作物がみのるのを待つ
きれいな春
よごれた春
日がふりそそぎ
雨がふり
季節が春を一めぐりする
待っていた芽がふきだす
芽はつぎつぎと大きくなりそしてみのる
ごらん
あれは水晶の眼
あれはブロンドの髪
あれは牧羊神の首
あれは一角獣の化石
あれは砲弾の破片
あれは象牙の花器
あれはケロイドの骨
あれは牛の消化器
牛の消化器が
もういちど過ぎ去ったお葬いのことを反芻する

お葬い
さびしいお葬い
にぎやかなお葬い
だが僕等はもっと悲惨なお葬いのことを知っている
だれも方舟をかついでゆかないお葬い
だれも行列をつくってゆかないお葬い
亡くなった人達が亡くなった人達を運んでゆくお葬い
蒼い海のしぶきに濡れてゆく亡霊のお葬い
アッツ島のお葬い
硫黄島のお葬い
レイテ島　ルソン島　ガダルカナル
それからたくさんの島々のお葬い
死の行進とよばれたお葬い
ローラーでのしてゆくお葬い

蛸壺のお葬い　洞窟のお葬い
隠れていた兵を火焔放射器でぶすぶす焼いてゆくお葬い
湿った風葬
乾いた風葬
だれも泣かないお葬い
だれも悲しくないお葬い
みんな忘れてしまうお葬い
反芻して
そしてもいちどみんな忘れてしまうお葬い

解放

星をみちびく一茎の菫
菂の眼を注ぎ
幽暗の空に赤い蕾を探る
その蕾の中に育ち
顔に苦役の翳をもつ囮と
利潤の締木でなお
囮の皮膚をさいなむ
父の種子である憎悪
母の嚢であるリンチ
追い詰められ
密集するトカゲとして棲む
スラム街を一人のニグロが踏み出るとき
覆面の男が親しげにすりより
囁き交し連れ立ってゆく
そこは幽霊の町
また
幻の地底
昼はさびれてひっそりと
夜になると廃墟の建物に奇怪な洗礼の儀式がはじまる
美しい家族達はにぎやかに晩餐の盥を囲み
口々にほめそやし喋りながら
婦人たちはほっそりとやさしい手指を向けて
蒼い首をやわらかに洗う
そして漬ける
盥の底で

死者と鎖がたがいにひびきわたる
おお　儀式のあとで
美しい家族達は料理皿のトカゲを食い
紳士の席に覆面をぬいで男は黴笑し
巧みに神話のフォークを使う

星をみちびく一茎の菫
一人のニグロがスラム街から消えた夜
菿の眼を
ひたすら幽暗の空に注ぎ
赤い蕾に信号を送る
その信号に呼応し
珊瑚の増殖する密度で
水を滴らせ急速に髪を伸ばす死者たち
死者たちはよみの国をわたり
勇敢に陸をあるきだす
死者たちの眼には解放の町
死者たちの霊にはみなぎる熱気
生きる民族の胸に斧をうみ

地に菫の都市を建てる

贈物

人殺しのベッドを吊り下げて走る飛行船
追跡する警官を満載した大凧
救世軍の社会鍋
革命記念日
広場の喇叭
権力の食卓
一日の最初の食事
孤独な独裁者のナフキンで口をふさがれた回游魚
カインの鍬をふり上げ演説する卵
傾聴する色のない彗星　貧血した蛙　肥満した蛭
喝采する馬の蹄に突き刺さる狂喜したフォーク
転覆する空
午前十一時の公園　玩具たちの烟る恋　自由時間　回転
　木馬　烟る教会

日付けのない暦の戸口
外出するナポレオンの吊りズボン　モスコウの火事
ノルマの撮影所　鳴り止まぬ擬音の拍手　昏倒する俳優
　の仮面
城壁の午砲（ドン）
借家の午睡　マルコの墓　遁走する石　嗅煙草に目を細
　める犬
復活の犬
ランチ皿
鵞鳥の羽をむしるペルシャ猫
弾薬庫を見張る番兵の背鰭
命令する鶏　敬礼する狐　おびえるライオン
空の梯子
ワタ雲をいっぱいにつめた古鞄を抱えておりてくる巾着
　切りの天使
質札で受取る万国旗
二人の擲弾兵の二つのダイナマイト
赤道の太陽
禁欲の熱い砂

爆発する飛行船　爆発する卵　爆発する弾薬庫
とびだす万国旗
鰓で呼吸するベッド　丸焼きになったペルシャ猫　針鼠
　に変身した番兵
紙風船
棘のあるやさしい太陽

公園のベンチに置き忘れられた聖書

石の籠に住む鳥
眼の底からとびたつ蝙蝠
大工の徒弟になった工作者
スパイの暗号文と解読書
樹々の手で捏ねあげる夕暮
舞踏会の招待状
夜会服　首飾り　贋物のダイヤ
オペラの切符
歌う燕尾服の鯨と胸の白薔薇
そして夥しい栄光

円筒の時間　円筒の屋根　円筒の夜
お祈りの言葉　窓をたたいて罵る星
尼僧の鞣した愛　またがる冒瀆の鷲
神の寂しい土地
肉食する霊媒の密林
葦をぬう密漁船

病室に贈る
一叢のレモンの月
春の埋葬日　埴輪と隕石　瑠璃色の空　ガス栓　一滴の
青酸加里　聖油　ルオーの偽画　ヴェロニカの双眸　道
化師の悲哀　面会人の肩にのってきた一握りの虹　選挙
立候補者の挨拶状　少々の賄賂　手錠　差入れの献立表（メニュー）
四面鏡の部屋と悩ましいヌードの写真　壁に囲まれた隣
りの独房　二人の老人が語る青春の憶い出その合鍵　間
違ってとどいた同姓同名の三通の郵便　税務署の督促
状　火事見舞　美人コンクールの審査委嘱状
多難な人生の怖るべき幕切れ……

さらに付けそえる
国会議員に刑務所のバッジ
大臣の秘書に狂犬病の予防注射
長官の咽仏に水洗便所
屑屋に勲章
放蕩息子に壊れた電蓄
銀行の頭取にホルモン薬
素姓のいい会社員にクイズ誌
革命家にジャズ・レコード
憂鬱症の婦人に媚薬
失語症の詩人にマジック・ハンド
そして緊迫した二十五時
臨終のベッドには財布をまきあげてやることの慈愛

虹いろの母韻にじむゆうやけの書

うるうるとまどろみながれてゆく
みまかった世のあどけない顔をむすうにうつし

虹いろのうろこのむれはいま
ひとりの狂ったははが耳をかかえてたつ日のはての滝に
　むかう
日のはての滝は人の世のまどいをくだく銀杖でそらをき
　よめながら
とおくあどけないものの霊たちをまねく
狂ったはははまぼろしにそれをみるから
日のはての滝にたつのだ

血まみれた銅の槌がまよう
そらのくぼみに　あどけないものの数珠が鳴っている

クラゲいろの不吉な祭りが汐の上をわたってくる
漁のないあけくれ
父である漁師はなぎさにたってみたというのだ
霊のまじわらぬたわんだそのあやしくあかいそらにあら
　われた電気椅子
電気椅子に神の子がすえられて一滴の血もながさずにう
　なだれているのを

耳をそがれた使徒たちがかれをかこみ
爪さきたって息をのみ顔をそむけからだをねじまげてい
　るさまをみたというのだ
神はあるのか？
おお　それでもまこと神はあるのかと
くるった漁師は銅の槌をにぎってなぎさをひたはしり
不幸な神をくだこうとしてなぜ
あどけないものの顔をくだかねばならなかったか
血まみれた銅の槌はどこに？
おお　銅の槌をふりおろした空虚を
なぜまた日のはての滝がろんろんとうつというのであろ
　うか

くだかれたあどけないものの数珠をつなぎ
気の狂ったはははうるうるとわらってくるあどけないも
　ののまぼろしをだいて
いっしんに乳をふくませる
そしていま　とおいそらのくぼみにそだった死児の数珠
　が鳴っている

死児がいうのだ
顔のない人形がながれてゆく
おかあさん　ああ踵があんなにかけてしまって

日のはての滝にむかいうるうるとまどろみながれてゆく
狂ったははのふところにただよってゆく
そのそらのゆうやけとは
死児のいとしいほほを化粧する
虹いろのうつくしい母韻のことである

寂光の書

野のはてにひっそりとむかってゆく
かなしみのおおきな器である　野のはてに
しろくながいぬのがたなびき
霊たちはあかくうずまくそらにむきをかえはじめる
まだわかい農夫がひとり野にたって
霊たちのそのすがたをながめている

（妻と児をのこして
なぜわたしは
鳥のように旅だたねばならないのか）

はるかなくにのあずまやで
霊たちはおだやかに糸車をまわしている
つむぎながらそしてかすかなこえでうたう
（虚空を鬼とさまよいて）
霊たちがいとなむ夜は
ほのあかるく
クラゲいろのかねのねをひびかせて
のこったものが花をあむすまいにただよう
そこにいま　そだてあげた子にそむかれひとりまぼろし
　とはなすははがいる
（それで　ぼくなんていったの?
（まだふたつだったおまえが
とははは　るつぼのそこの火明りをひしとだきよせる
（ふたをして　ぼくとんとんと釘をたたいた
そのお舟で　とうさんはやみをこいでいったんだ

そこで霊たちはふとまつげをもやし
ふたたび糸をつむぎはじめる
（そらのなぎさにうつせみの
　くだけし珠をみいだしぬ）
くだけた珠はあらわれてひとつひとつのすがたとなり
つむいだいとにつながれる

野がないている　おお　野のからだがゆれている
ゆらゆらと茶毗のけむりがのぼり
ひっそりとよぎってゆく霊たちのそらをみつめながら
鍬を杖に老いた農夫がいつまでもたっている
おお　そうではない
長い年月
野の石と化してつめたくたちつくしている
それはむざんなちちのすがたである

あさがおの書

にじがうつっている　あさがおのとびらをたたき
霊たちのかおに喪のみちがうつっている
うとうとあやしいねむりにさそうすずのねがにじを
　わたるとき
あさがおのやかたにきまって喪いろのかげがたたずみ
よあけのうたをうたうのだ
東洋は　火の繭
もえながら生む
おお　あれはわたしが撃った兵士のうただ

仏陀のかなしみにあふれてめざめ
くびのおれたはとをかかえてあさがおのまえにたつ
すると死者の聡明が　はうらによみがえり
あさがおのはなにまぼろしのくにが垣間みえる
みえる？　幽鬼のようにすぎながらつぶやく
わたしの手は父の斧
不条理の書にきざむ

おお　あれはわたしをおそった兵士のおごりだ

あさがおのつゆを吸う
そしてがきのかおをそなえたあさがおののどをのぞく
のどのむこうはむらさきの湾で
霊たちが汐をあびている
――密儀の舟をこぐときだ
あかいぼうしをかぶった涅槃の鳥がへさきにたち
仮説の餌をさがしにゆく
四千の飢えをしのぐ七個の餌をさがし
青かびた東洋のそらにむかい
パンの火をたいてゆく
ああ　民族ののどにたくのだ

つぐないえないもの
ひたいになやめる動物をにおわせ
血まみれの紙幣をにぎり
うつろうはなのまぼろしやおにのこえをきき
あさがおにかおを吸われたのはわたしであった

ひたすら能面のそこに狂ったひかりをひそめ
たなごころにめしをのせて
こじきのごとくあわあわとじひをくちにはこべば
あさがおのかげにすわって妻の目がうたがい
妻がうたがえば　児がおそれる
三十九個の釣鐘かかえて
たわけものよ　泣くな

なぜ東洋がみえないのだ
わたしには東洋のそらがとおい
よあけ　あさがおのはなをかぞえ
にじをわたって枕をさる
托僧のそでに経文をなげいれ
舟をこぎ　すずにのっても
霊たちのなぎさにつくことはできぬ
あさがおに香をあげ
あさがおのにくをやくときにおこる東洋のいたみ
仏陀とこじきのごとくかさをふやしあい
兵士とわたしはだきあって

ほのおのうずとなりながら
喪のみちすらのぼってはゆけないのだ

マラソン

空に　紅をはいたような
ある晴れた美しい朝
地の扉を蹴って
マラソンの選手たちが
いっせいにスタートした

世界はあかるく
都市から田園へとつづき
不作をわすれて　田園は
まぶしげに　選手の一団をみおくる
そこぬけにあかるいそらの
どこかに神がひそんでいるような
この均衡は心憎いばかりだ

選手たちの
腕と腕のあわいから
世界がすこしづつながれてゆく

――選手たちは　田園から
ふたたび都市へとはいった
そのとき　沿道の
観衆から
ふかい　どよめきがおこった
ざくろを掌にした死児がひとり
かげろうのように
選手のむれと走っているのだ

選手たちの
脚と脚のあわいから
昼は急速に傾いて
たそがれいろにそまりだし
にわかに遠くなった

ゴールのむこう
秋の日は
まるで大きな愁いげな　花を
咲かせたもののようだ

雪女（ゆきじょ）まんだら

大雪　吹雪
おぼろおぼろとおぼろのさがは
怨みのためではありませぬ
世界に何億何千万のひもじいひとがいるでしょう
天の梁から吊した縄の首輪のなかで　病んでるひとがいるでしょう
なぜかそれらのひとびとのこころがわたしをまねくのです
むこうに　お家がありますから
あちらに　ともしびみえますから
ひもじいひとや病んでるひとの小さなお椀を袖にいれ
戸毎に乞うて行くのです
七種粥はありませんか
呪文のふだを貼りにきたのではありませぬ
あたたかい七種粥をくださいませぬか
ほとほとと窓をたたけば
鳥追女とおもうのでしょうか
まれには窓をそっとあけ
おお　こんな雪の日にといいながら
しろいころものおぼろのさまにはっとして
はげしくおどろき
わなわなふるえ
窓をぱたりととざしてしまう

おぼろおぼろとおぼろのさがは
怨みのためではありませぬ
大雪吹雪のさかまくそらの
奈落のそこに墜ちるとも
ひもじいひとや病んでるひとのこころの糧に
せめて一椀の瑠璃のひかりをすくってくることができま

すならば
なんで雪野をさまよいましょう
おぼろのさがは天に哭き　地に哭き　氷に涙するのです

うらみのためではありませぬ
おぼろのさがにひもじい母がそまったときは
ひもじい母のみどりごに乳ふくませにゆきまする
さすれば　みどりご笑むと思いきや
かぼそいのどはたちまちに
るるるるるると　するどいとげに変ってしまう
病んでるひとのゆめの芯からただよって
病んでるひとのいとしいひとを枕にひきよせ
いとしいひとをいとしくだけば
恋慕の鬼が立ちあがり
いとしいひとは凍ってしまう
ああ　ひもじいひとや病んでるひとのおもいをこめたひ
　とすじほどの香さえ焚けぬ
おぼろのさががかなしいのでございます

おぼろおぼろとおぼろのさがは
怨みのためではありませぬ
春になれば
息もたえだえ　くるしげに
よろめきながら消えゆくものを
わかくうつくしいひとたちは
あれ、かげろうよ　と
ほのかなはるのおとずれにむねときめかせ
ささやきかわしてあんどする
このしろい
たましいのようなものをいだくおのれのさがが
かなしいのでございます

星蝕韻

枕の韻

れもんの血、舟で逝く母に死の化粧

唱の韻

あ★★ぼ★のう
こ☆☆ぼんのう
しをむしばむこ★しみのいたみは
★まんだらのうみに
★★★ひとり★★★★★たむけた
あか★★しみ
うつ★よ、としるした
わび★★⋆★もん

転の韻

星は　厨のうたげ
蝕は　牲のとがめ
韻は　弔のきざし
　あ・うん　を居に訪ねて問う
星欠けて
　その行方は？　と
あ・うん　指で虚空にえがく

珠鳴りやまぬ海の篝火　と

胎の韻

危ないことです
子煩悩は
レモンの果芯にながした　わが子の
血をすするようなもの
紙魚のように
死を蝕みつづける子を悼み
まんだらの海にたむける
やさしさの　垢や染み
うつしよの
わびのようなもの

——ごらんください
鰯雲が頬そめてよせる窓辺
（星がきえてまたあらわれる
夕焼匂う厨には
子が母の死顔を　美しく

化粧する
儀式の会話が
あかるく
はずんでいるではありませんか

＊「唱の韻」の伏せ字★十九字は、「枕の韻」の十九字音が、★一ヶ所に一字音ずつ嵌って復元、「胎の韻」と対応した「盈の韻」となります。☆は、繰り返し、即ち

　あれもぼんのう
　これもぼんのう
　（中略）
　虚(うつ)けよ、としるした
　詫証文(わびしょうもん)

奇を衒ったわけではなく、当時は、ひとり心に秘めた《母への思い》として形象化したかった。本書の制作にあたり、明かすこととしました。

神の枕

歓声が上り
桟敷が大きくゆれて廻転する
「待ったなし」
立行司の軍配が入る

死もまた生の変容ならば　人生に
千秋楽はあるのだろうか
職場でやさしいほほえみをうかべ
そつのない会話と握手をしてかえってくる
だが握ってきたのは　きまってトリックばかりだった
「待ったなし」とこころでいいながら　いつも
「待った」をしてきてしまう　ぼくの
人生は錯誤の連続だ

一九八一年一月　あのときニュースは
国際的な人質の解放をつげていた
あれはイランと大国アメリカにとって

「待った」であったのか　それとも
「待ったなし」であったのか
――神の病いがつづいている
約束の地で
壁に涙をながす　人々の
祈りとはひたすら「待つ」ことだろうか

神の船
車輪と帆と傾きて現れぬ
割かれたくにのそらの狭間に

首仔む
のの羊と丘
せけなもきを聖
とあぞいど犠つ地煙
ういあら胸りのつのが砲

解けない問いのために
その額は昏く　枕は熱い
塩を掌に握ったまま　ぼくは
途方にくれて　厨に立ち
「待ったなし」の声とともに
神の枕にもんどりうってゆく

＊1　「形象句」読み下し。
（1）神の船　車輪と帆と傾きて現れぬ　割かれたくにのそらの狭間に
（2）砲煙が
聖地の丘をつつむとき
犠の仔羊もどり
首のない胸のけぞらせ
ああ　という
＊2　背景には、今日に至るパレスチナとイスラエルの問題があります。

（『縮図』一九八四年書肆季節社刊）

詩集〈おくのほそ道句景詩鈔〉から

行く春や鳥啼(な)き魚の目は泪

《季節は移らふ感傷の衣魚(しみ)》
別離がひとつの合図であるなら
たがひに慈しみ　たがひに生きた　それは
心のかたみかもしれない
だから　あらたな季節で傷負ふために
あらたな出会ひへと旅立つものを
春の訣(わか)れは　ともに殉じてとむらふやうに
鳥も魚も
たがひに血族(うから)で刺しちがへ
刺しちがへては
この世のそとから熱い泪をそそぐのだ
春は　おぼろに
いのちを抱いてゐるのがいい
いのちは　おぼろに
未練もろとも消えるのがいい

蚕飼(こがひ)する人は古代の姿かな　曾良

揚雲雀がさへづり　古代を燦々と照らしてゐる　紺碧の
　空は
永遠に　神秘な原初の儀式場だ
蚕(かひこ)を飼う男が厨房からでて雲雀の姿を探しあぐね
風景がつむいだ幕を包丁でさつと切り裂いてしまふ
うひうひしい少女があらはれてスカーフが桑畑になびい
　てゐる
(母親らしい手弱女(たをやめ)が遠くで招いてゐる)
(父親は茫洋と雲にのつてもはや翁顔だ)
(紡がれたはずの千万の言葉は
　歴史の帷(とばり)に梳かれてすでに少しづつ黄ばんでゐる)
と少女は傍目もせずに桑畑を駈けぬけてゆく
　——未来をつかまへる歓喜に向つて
童子が抱きかかへるしぐさでその少女を待つ

（二千年のゆめは他愛なく父と母とは万葉の館に帰つ
て　不在だ）
憧れてゐるのかも知れない
木の葉状にゆれるふしぎなＵＦＯを間(あはひ)に
たがひに凝視(みつめ)あつた頰と項(うなじ)があかい酸漿色(ほほづきいろ)にそまつてく
る
未熟な思想の繭のなかで　古代は
たぶん　少しづつ蘇つてゐるのかも知れない

閑(しづか)さや岩にしみ入る蟬の声

余リニ多クノ蟬ガ身ノ内ヲ震ハセ
声ヲ殺シテ泣クノデ
鬱蒼トシタ木立ノ中ハ妖シク黴色ニカガヨフノダ
一瞬ノ閃光デ灼キツイタ白イ影ノヤウニ
虚シサハ岩ニマデ沁ミ入ツテヰルノデアラウカ
地ニ動キ　揺レシモノ　スベテ魂ノ形シテ
空ニ流レ　宙ニ埋モレ

族(ウカラ)ミナ声ヲ喪ツタソノ後モ
銀河系ヲ超エテ　マタヒトツ巨(オホ)イナル日輪アラハレ
未来永劫　耀キワタル空ヲ思ヘバ
かすみつつ蜩(かなかな)の天(そら)　殺青(さつせい)のことばはこゑのかぎりを生き
よ
ト詠ツタ歌聖ノ　竹簡ノ喉輪ツラヌクソノ優シサ哀シサ
ニ
愛恋ハ慈悲ヲモ焦ガス心地シテ
タダ　ハテシナク
身ノ内ガ震ヘテ止マナイノダ

むざんやな甲(かぶと)の下のきりぎりす

きりぎりすよ　無明の世界に
幽閉されてひさしい　きりぎりすよ
眉目すずしく貴人の面立ちしたそなたをわたしはいまあ
はれと思ふ
それなのに現身をはなれて六道をさまよひながら

わたしはまだ　おのれの甲冑姿をみはなせないのだ
それゆゑ蒼ざめた冥界の使者のやうに　そなたは
呪縛からのがれられずに
髑髏と化したわたしの眼窩にすがりついて鳴いてゐる
ああ　凜々しくもやさしい面輪のきりぎりすよ
戦はもう　とうに終つたといふのに
さうしてひとしれず命果てるそなたをわたしはいとほしく思ふ
だが　いまのわたしにはそなたにあたへるべき肉がない
ひとときの飢ゑをしのぐ甘露がないのだ
——ひとを殺めたか　殺めなかつたか
いまはもう　それさへ記憶もおぼろな仇野に
ただ　甲冑をつたふ硝煙ばかりがまだ地に漂ひ臭つてゐる

涼しさやほのの三日月の羽黒山

仄かに檸檬の香りがする　新月が
山の雲霧を払ひ
華扇を面にかざして　涼やかに姿をあらはした
天上の門から　すらりと身をすべらせてくるあでやかさは
夜空に　微笑の脚韻をふんで
天の胎内をめぐるなつかしさにみちてゐる

《今宵の月は　女性よな》

思はず吐息をもらして見蕩れてゐる
案内の強力は　いつしか夢の浮舟
篠を枕に羽衣の音曲でも聴いてゐるのか
花心の淵にすつかり溺れてしまつてゐる
天人五衰は　あれ、里山に懸つた
生れては滅ぶ月の命運
人それぞれの鏡といふものだ

まゆはきを俤（おもかげ）にして紅粉（べに）の花（はな）

鐘の鳴らない日があつた
ぽつかりあいた空の凹（くぼ）みに　愁ひげな
処女（をとめ）の容姿（すがた）がゆれてゐた

鳥の影にも驚いた四十余年もむかしのことだ
突如襲つた金属色の翼の下で　あなたは斃（たふ）れて血に塗（まみ）れ
た
おお　その俤を溶かして哀しい日の隅に
紅の花が　いまふさふさゆれて
はなやかな処女たちが花を摘んでゐる
――モンペ姿に頭巾を被つたあなたに花匂ふ青春はあつ
たか
白粉（おしろい）散つた眉を羞（はぢ）らひ掃く日はあつたか
撞く人影はみえないのに美しいひびきで鐘の鳴る日があ
つた
ぽつかりあいた彼岸の空に処女（をとめ）のままのあなたの顔は
うひうひしく
ほんのりと紅がさしてゐた

桜より松は二木（ふたき）を三月越（みつきご）し

《貧しくとも明るかつた　鬼灯（ほほづき）いろの生活（くらし）の萼（うてな）》
恋するひとに恋されて頰は日増しにかがやいたが
さうだ　あの朝なぜか胸がさはいで
松の葉が幾千本の針のやうに光つてみえた
障子に鳥影のごときもの虚（うつろ）にうつり
戸口に　あつと声をのんで佇む掌から赤紙一枚ハラリと
散つた
水浸（みづ）く屍になるな草むす屍になるな　と
背を見送つた身に宿つた吾子が生れて二月（ふたつき）
「届く頃には桜の花も咲くでせうか」
硝煙の臭ひがしみた音信（たより）であつたが
乾した飯（いひ）なく粟もなく縋る乳房に乳もなく
吾子はむなしくみまかりさつた

ああ　だが松は待つの吉兆と夢占にでて月日の栖はむざ
　んであつた

「眉月（みつき）よ　わたしだ　わたしはいま還つてきた」
藁葺光る山里の家に　かげろふのごときものゆらめき
恋しい声が恋しいひとの名を呼んだ
座敷の糸車が礑（はた）と止んでふりかへる
と　みるみるあふれる滂沱の涙にかげろふのごときもの
　姿顕（た）ち
病み惚けたかぼそい肩に駈けより触れた
おおその刹那がらがらと夢魔は消え去り
蜘蛛の巣かかつた廃屋に糸車がクラリとゆれて
草むら隠れ水（みな）つきて影も映さぬ筒井越し
打掛け伏した姥桜をいたはるやうに
丈高く瑞瑞しい松が優しく覆つてゐた

五月雨をあつめて早し最上川

青葉を縫ふ霊妙な滝を眺めながら川を下つた
稲舟の姿形を眼裏（まなうら）に東（あづま）恋ふ歌びとを偲び
万葉の面輪の岸に舟をつなげば　ハレの旅のハレも束の
　間
亀甲色の日輪が五月雨雲に取り囲まれて飴色に変り　た
　ちまち
地と川は境なく降りそそぐ雨の乱打だ
とこれは奇怪（きつくわい）
雨襖のむかふから長い髪をふりみだした白拍子がたちあ
　らはれ
剃刀を口にくはへて
激しい川の上をひたひたとわたつてゆくではないか
踝（くるぶし）からしろい波が逆立つ　その妖しいさまを指さし
聖（ひじり）　人麿（ひとまろ）に生き写しの翁が　岸の堂宇で
オウ、オウ、と声をあげては蒲焼鰻に舌鼓をうつてゐる
紫陽花の匂ひ罌粟の薫りレクイエムの平安の翳が漂ひ

いつしか五月雨が止んでゐる
——白拍子とみたあれは水芸白糸大夫がまぼろしの姿で
　あつたか
間もなく一門の人々が人丸影供（ひとまろえいく）にやつてくるころだ

あかあかと日はつれなくも秋の風

日輪は　いつしか
まほろばの崖にさしかかり
臨終（いまは）の想ひをむすんでゐる
その袖口から
境内の窪み石畳の上に
あかい血がぽたぽた滴り落ちてゐる
樹間には　ひんやりとした風につれて
光りかがよひ
この世の外へとつれなく流れ去りながら
ものみなは
形なくほろびさつてゆくやうだ

（『おくのほそ道句景詩鈔』一九八九年書肆季節社刊）

詩集〈黄泉草子形見祭文〉から

パウロと訣れて

まほろばや陰府（よみ）のまぼろし美の髑髏（どくろ）

天使の国は　永い飢餓の季節らしい
悪魔の軍門に降って　いまや
人類の栄光と復讐の歓喜に溢れている
哺乳綱翼手目を彷彿とさせる領袖
皮膜に暗黒大陸を擁した彼の　秘密指令で
救援物資搭載の銀河鉄道列車は　いつも
夜の砒素海峡に行方不明だ
ブラウン管から思わず目をそむけた　が
窓硝子に瀕死のひまわり
耳を殺（そ）いだ天使の顔を梳（す）いて縋りつく手
尖った肩や唇にまで蠅がまとわりつき　離れないのだ
パウロよ　眼ざめているなら
そのわけを語ってほしい
神の義に従わない領袖が誑（いつわ）りの義をかざす
文明の迷彩に抛られた賽子（さいころ）　その目が
「難民」とでれば　伏せた位置はなぜ
「捕囚」にひとしい憂目になるのか
陰謀が惑星の美しいマントに包まれているとはかぎらな
　いが
悪魔の義と悪魔の詩でうたわれていることはたしかだ
天使の公案　瞑想の哲学はこときれて　力なく
掌に掬った光りはつもることなく消えてしまう
奇妙な時代の悲惨な歌がきこえてこないか
パウロと訣れて　二千年
二千年はまぼろしの単位
二万年は絶望の単位だ
そのどの世紀にも人類の冠詞として君臨した栄光
栄光とは殺戮の無限乱数
陰謀を飾る装置なのか？
パウロよ　眼ざめているなら
その行方を語ってほしい

「はじめに言葉ありき」という叡知の穂に
直立した猿人が最初にふれた熱いおののき
暗闇を裂いて閃いた！　その
無量の光りを見うしなった方角
太陽の光りは心の飢餓を透して鹹（から）い味がするだけだ
二千年後には氷河期がやってくる
二万年後　ニューヨークは宇宙の氷河缶詰になるだろう
栄光をたたえて
君が代は　陰府（よみ）の氷室（ひむろ）に千尋に幽閉されているかもしれ
　ない

回心したパウロの後姿によく似た
親愛なる詩人をたずねてゆく　途中
想いだせない大切なことを思いだした
サルトルが　訣別した友カミュに献げた哀悼のことば
詩人が　それは世界の遭難にひとしいと告げた衝撃の年
「諾否なき和解」をつづった切り抜きを「永遠」のどこへ
　しまいこんだのだろう？
――もう悪魔の追放には間に合わない

関連もなく　混乱と焦燥にかられ
存在の詩人をさがしにいった
雨の日
無数に宙にあふれてゆく蝙蝠傘に悪魔の宙吊りをひたす
　ら想像した　あれは
いつ何処の場所であったか
はなざくろが昏れてゆく光背に　夥しい
短剣がひしめきあうのをみた
二千年はまぼろしの単位
二万年は絶望の単位だ
そこから領袖の修辞を刺し通す
やさしい人類へのメッセージがきこえてはこないか
「ことばではなく　愛を吊るしてください
銃で撃つのではなく　逆さまに
愛を
広場で市民が独裁者を吊るしたときのように
逆さまに
愛を吊るしてください」

詩人とは　ついに出逢わなかった
いや最初からいなかったのかもしれない
悪魔が　堕落した天使の化身だと知ったのはいつのこと
　だったろう?
「誰がために弔いの鐘は鳴る」*のか　声もなく怯えた
幼児の瞠（みは）った眸にはいまも髑髏がころがりこんだままだ
まほろばのきりぎし　と人がよぶ
まぼろしの道ばかりあるいてきた
まぼろしとは絶望の垂絹（とばり）だ　が
それは髑髏に手わたした時空のことなのかもしれない

*アンソールの絵の題名

悲色の網を手に曳いて
黄泉（よみ）へ行こうか　戻ろうか　この
世の外れの橋の上　暗闇ふかく宙
空に姿隠して金色の毒の針を尾に
　つけた　さそりのような月がでる
そのそらのきざはし（幽冥の奥処）に
礫になったあなたの形代がくっきりとあらわれてみえた
手と脇を穿った釘と槍の痕から血のりが黒く浮かんでい
る
——あの痕跡は世のすべての人に罪の痣となってのこる
だろう
あなたは　あなたの形代をふりかえってそう想い
ふいるむいろの海の渚にゆらりとたった
あけがた　網を捨てて漁るひとびとがやってきた
すがるような眼差しであなたをみつめた　が
あなたは　パンのかわりに暗喩の飢えの種をあたえたの
だ
あれから二千年　歴史の屋根に亡霊のように立つ
黙示の日はあまりに遠く　億年の距離にもひとしい
そのむかしモーセと民は契約の地を求めて荒野をさすら
　ったが
いま擾乱の国々で　民は

神の幕屋ならぬキャンプに飢えながら
大きな赤い夕陽のなかに貼りついた　あなたの
形代から流れる血をすするようにみつめている
大陸から大陸へと奴隷を送った契約なき道しるべで
あなたの使徒たちの末裔は　あなたの悲しみのとばりから
人類のいかなる栄光をみたというのであろう
〈飢え〉の映像をつたえる飽食の国でひそかに思う
文明とは　あなたが地と知の海に投げひろげた悲色の網だ
人類に民族という痣があるかぎり
その網のなかでひとびとの生は苦しみ踠きそしてほろびる
漁るものも囚われるものも落ちゆくさきはみな
輪廻というまぼろしの罠にすぎぬ
ああ文明に咒符をつけてこの国の港をでてゆく
緑の風と愛と死が戯れる原初の帆船がほしい
あなたが蘇ってのちあらわれたテベリヤの海辺にかよう
はるかな霊たちのまじわる東洋の海

東洋のとばりを透かしてあらわれたつ蜃気楼（かいやぐら）
その普陀落を指して　ひとりの
天にもゆけず黄泉にもゆけぬさびしい修羅があるいている
そのそらのきざはし（幽冥の奥処）で　あなたの姿は
すでにゴルゴタ（髑髏）になっている
信仰という名の擬制に蝕まれて
なお世界を侵している闇
この世の外れを　さびしい修羅があるいている
悲色の網を手に曳いて　地と知の海を掬いつつゆく
修羅の背に　金色の毒の針を尾につけた
さそりのような
月が　ぐさりと刺さっている

サーカスしぐれ

月蝕

暗いその海は　神が悪魔と
刺しちがえて　できた海だ
弱い者が強い者を倒すのに
　他にどんな方法があろうか

空中で　楔のはずれる音がした
命綱なし！
逆さまに道化師は墜ちて血糊に沈んだ
その夕べ　杳冥（そら）はあやしく光りかがよい
不思議な気韻がみなぎりわたった

ふしぎもなくみんな消えていった
その所在を負の劇場と名づけよう
木戸銭はいらない　だから
さながら自由の産褥に帰依するごとく
生誕の苦渋と歓喜の閾をこえて誰もが次々とはいってい
　った
ところが　中はいつも空っぽだった
たがいの心がみえないから
たがいの祈りがみえないから
　出口ハ　コチラノ入口デス
だが出てきたものはだれもいないのだ

そう　誰もいないあなたを信じ得た者は
と道化師は蒼い鏡の中にたたずむ
神に背いて悪魔を想い悪魔を否定してやるせなさに道化
　となった
おお　日輪のはざま　扁平な地影に遮られた苦難のその
相貌

それはわたしではない　断じて
仮面の司祭よ
それはわたしそっくりのあなただ
告解を優しい誤解であやしながら
あなたはわたしの声でうたっている

詩人の手は無一物だが
詩人の心は豊饒の海だ
刺しちがえてもよみがえる
　復活の海だ

復活の海だ？
だが　思いだしてくれ
無力な　詩人よ
核実験に抗議して
小舟を漕いだ教徒のことを
被曝した日本の船のことを
あれは後の祭りだったか？

受難と自殺の相関について考察しよう　いや訊ねたい
魂にも倒産はあるのだ
踏絵をわたればあなたを裏切る踏まなければ一族までも
　憂目に遭った
そのように破産は現代も郎党を抱えた魂に償いの保険を
　しいるのだ

教えてくれ　無力な
イエスよ
それでも自殺は禁止されなければならないのですか？

――あとの祭りさ　と領袖は楽屋で首を反らした
月蝕にまぎれ
まぼろしの黒船にドル貨を積み込んで上陸してきたのは
　贋金造りの集団であった
薔薇十字団の衣裳で身を包んだ彼らの
袖から　かすかな麻薬の匂いがした

顔の蝕(か)けた領袖の首から目を反らし　道化師は
片瞼に大きく紅色の十字をしるした　その
眼裏にひっそり降っている変にあかるい時雨のいろにぬ
　れながら
片眼で　贋のモナリザをじいっとみつめ
ピエタよ　とつまらぬ祈りをつぶやいた

――それは奇妙な黙示の興行だった

七人の天使がついに現れた（道化姿で）
七つの喇叭をいっせいに吹き鳴らした
すると血煙り濛濛わきたつなかを　黄金虫に変った為政
　者のむれが
微塵のごとく舞い上り忽ち血の池に沈んでいった
　茶番ばかりで道化のない
　こんな世の中　真っ平だ
　歪んだ夕陽よ　グッド・バイ
　土壁の世界よ　グッド・バイ

億の宇宙の億の夜で億の瞳がまたたいた

そして喝采が起った
本物の道化師が登場したのだ
命綱なし！
固唾をのむ
観衆の視差をはずれた　空中で
刺客の
嘲う
声が　響いた
——無力な魂の作法にかなうはなむけだった

＊

冥府の橋を渡るたびにおもいだす
道化稼業のあれはほんの気まぐれだった
誤ったふりして綱から墜ちたのさ

（『黄泉草子形見祭文』一九九七年湯川書房刊）

詩集〈有明まで〉全篇

I

句読点

目の鱗（うろこ）　そらに
ひとつ　ふたつ　やがて
群れて　流れて
赤い繭を袂（たもと）に入れた秋がくる
秋がきて
野末の木に首数珠かけた
柘榴（ざくろ）や通草（あけび）の実が　なかぞらに
浮かんで映り
（その輪郭が）
死の句読点を象（かたど）るころ
脚を切られた鳩が
どこからか　あらわれて
いつまでも舞いつづける
それから　そらは
三角に尖（とが）りはじめるのだ

天使を探しに

《夕焼けは空に遺（のこ）した神の燠（おき）》

窓辺で真紅に染まっている
人形の姿に　見惚（みと）れながら
とりとめもなく
人形についてかんがえる

変身の極意
美の砦（とりで）
無限乱数を組み立てた
永遠の愛

カミュの「異邦人」を開いたまま
わたしは　きょうも話しかけている

人形よ
行っておいで
人よりも　心優しい
天使を探しに

宅配便

庭の　大きなひまわり
びっしりと貼(は)りついた
黒い種子(たね)が
怖い顔で　わたしをみている
そんな日には　きまって
異界から
奇妙な荷物が届くのだ

たとえば
四次元の橋がかりに凭(もた)れて
ぐにゃりと　焼け爛(ただ)れた地球儀
残虐な戦争の記憶を詰めた
国家の腸(はらわた)
風に流されて冥府に漂い着いた
空の神兵の落下傘　など

螢家族

窓の絵

灯(あかり)がつくと　海が凪(な)いで
窓から　きまって
白い帆船が沖へ向かっていった
——カーテンが揺れる
ニューズが不法入国を告げている
難民の船に　不安げな大勢の

顔がひしめき　ゆれている
（室内は　また
　しいーんとして）

螢二(ふう)・三(みい)すれちがい
さびしい家族(うから)
宙吊りの愛

死語の籬(まがき)

胸が埋もれるほどの
花の亡骸(なきがら)かかえて
仇野(あだしの)へ行く
夢から　醒めて
美しい女(ひと)を抱いていた
物狂いにも似た愛(かな)しさに
昼は　向日葵(ひぐるま)の種子を宿し
夕は　茜の空に産褥の雲を宿した

今夜　雁(かり)・花野・月の輪・春駒
こもごもに　——星は、昴(すばる)。*1
と眸(ひとみ)を点せば
みんな優しい
虚数の名詞を網につつんで
二十八宿*2かけめぐり
死語の籬に　香り立つ
詩人の言葉は在るだろうか

*1　「枕草子」二百三十六段の句。昴は牡牛座にある散開星団。プレアデス星団。二十八宿の一。（広辞苑）
*2　黄道に沿って、天球を二十八に区分し、星宿（星座の意）の所在を明瞭にしたもの。（広辞苑）

岬

あかねさす生命線に
悲(ひ)が　きんきらり

きんきらり　ひかっている
海のむこうの
難民キャンプで
夕陽（ゆうひ）を拝（おろが）むように
掌（てのひら）を空（くう）にあげて　指を組む
飢えた子らに　小さな
願いは
かなうだろうか

悲（ひ）が　きんきらり傾いて
海のこちらの
岬のあたり
みしらぬ世へと旅立った
影のうすれた　女童（めわらべ）ひとり
ひっそりと
夕べの虹に
空木（うつぎ）の花を挿している

七種（ななくさ）

ニーチェと名づけた　金魚が
薄氷の下で
死を食べていた
金魚鉢の小さな湖は
けさ　烏羽玉（うばたま）の夢の旅路で
はるかな黒海に通じていた
チェルノブイリの原発事故から幾年
旅人は　ぶじに還っただろうか
ニーチェは　ふたたび蘇っただろうか

厨房に立ち
俎板の上で七種をたたく
旅人のために
ニーチェのために
——そして
〈凍土の鳥が飢えないように
　ななくさなずな……

憂国

《平和を愛さないものはない》
と語って
テレヴィの画面から領袖がのりだす
ためしに　音だけを消してみる
すると　裏声できこえてくるのだ
ただ
《愛さない　愛さない》

鼓笛隊が
肩をたたいてゆくような
梅雨の夕刻
毒
しとしと　と

血の声*

蔓薔薇が熱くときめき
愛する者たちの腕(かいな)がたがいにまじわって
神のさずけた美しい耕土を潤すころ
わたしの眠られない〈時〉がはじまる
夢のなかの　異国の親しい友の霊魂が
仄暗(ほのぐら)い〈時〉の垣間を漂いはじめる
インドで真理の音節(シラブル)を綴(つづ)る詩人の頭脳
パキスタンで荒地の糧(かて)を瞑想する哲学者の心が
棘の生えた夢の臥所(ふしど)で疼(うず)くのだ
《わたしらには帰るべき東洋がない
　もはや
　知には帰るべき世界の原郷がない》
夢の臥所　知の橋懸りで
たがいにやつれた顔をみかわし
世界の深淵や渦潮について
あけがたまで血の声で語りつづけるのだ

＊血の声　旧約聖書創世記第四章。

夢違え

《人類の疫病(はやりやまい)は〈愛〉なのですね》

パソコンを操作していると　ふいに
ウイルスのように　とびこんでくる
異星人からのメッセージ
民族の〈愛〉を旗印にして　紛争が絶えない
地球には　異星人がたくさんまぎれこんで
不能の〈愛〉をはやらせているらしい

パソコンの画面にむかい
わたしは
ゆっくりと瞼で描いてみる
――夢違観世音菩薩。

畑

畑の収穫(とりいれ)に
土を踏んでいった
だけなのに
脚をふきとばされた
少年が
夢の中で涙を怺(こら)えながら
わたくしの弱った脚をさすり
さすりながら
ぼくの脚を
返して下さい　と
うったえるのだ
わたくしは　だんだん
民族主義的・帝国主義的・独裁者的
加害者のような気がしてくる

畑は怖い
雷のすみかだ

火薬と香炉

夕暮
庭に立つと
火薬の匂いが漂ってきた

焦土の街を映していた
戦禍の
ニューズをみていたせいだろうか
それとも　どこかで
狂った人間の心を投げ入れては
枯葉を燃やしながら
鬼女が
闇を招いているのだろうか

わたしの咽喉（のみど）は
空（くう）に開いて
だんだん
香炉の形になり

かなしい
とてもかなしい
朱色の煙が
ゆらゆらと
立ち昇りはじめる

Ⅱ

運河

アメリカから　パナマ政府へ
管理と運営権が返還された
引き替えに失業した人々の　思想と
心の姿はみえない

一九九九年十二月三十一日の朝
日本の港々では
失業と不景気を積荷にして

大小さまざまな繋留船が揺れていた

日々の運河を往き還りした十七年
あれは　わたしをたよりに生きていたひとの
蝕ばまれた病いの管理
生活の運営と言えただろうか
わたしたちがのっていた廂（ひさし）のある船は
あの日から首を傾げたままだ

ああ　ほそぼそと粥を運んでゆく
あのひとの咽でいつも仄（ほの）かに光っていた
わたしたちの仏は　あれから
どこへかくれてしまったのだろう
どこへ姿を消したのだろう

ゲリラの窓

もう、たくさん
わたしには　わたしの
生きる道があるの
二度とこの家に戻らないわ
と柳眉の女（ひと）は
戸をカラリと開けて
去って行った

ガランとした
居間に
牛乳瓶が一本
蜜柑が一個

戦場から生還して働き通した
回想のシーンが暗転して
一幕の奥に細々と小糠雨が降り
定年で職場から家庭の人になった
男が　所在なく
居間と台所をうろついている

ああ　さっぱりした
とつぶやきながら
不意の理由（いわれ）をまだ測りかねて
虚ろな顔を晒（さら）している　男の
頬に涙が光っている
《日常とは　いまや
　人々の背後を狙う
　ゲリラの窓だ》

——忘れていた
私は急いで
録画のスイッチを押す
大江光さん作曲の演奏会光景を
聴衆のひとりになったつもりで
ききいっている
一滴の涙が沈んだ湖の波紋
そのゆくえをみつめるように
聴いている

もう、たくさん
と私には言えない弱々しいひとが
そばにいた
あの日々は戻ってきてくれないのだ

——感動とは　塩鹹（しおから）い
　湖のようなものなんだなあ
録画の終り
頬についていた飯粒（いいぼ）を
ゆっくりと嚙みしめながら
ひとり　夕餉の食卓に
向っている

ある朝

黒い神が夢枕に顕（た）って
人類のほろびるさまを
嗤（わら）いながら

消えて行った
朝
（世界のどこかで
　戦争のない年はあっただろうか）
とぼんやり　夢の床から起き上がり

ぼんやりと　顔を洗い
ぼんやりと　朝餉（あさげ）にむかい
ぼんやりと　うつくしい女（ひと）に会釈して
ぼんやりと　手料理に箸を添えながら
ぼんやりと　ぼくはしばし考える

百の国の
百の鳥が
百の窓辺でさえずっている
ある朝
ふいにテレヴィの画面から漂う
硝煙のにおいに　おどろいて
われにかえる

と　うつくしい女（ひと）の姿はどこかに消えて
食卓にならんだ
ぼくの食事の
皿とフォークのあたり
牡蠣（かき）の霊のような
黒い神が　光りながら
なじるように　じっと
ぼくを見詰めていたりするのだ

晩春

ゆうべの月が
置き忘れて行った
露が　きらきらと
花や木に光っている
庭の
梅もどきで
ホーホケキョ　キョキョキョ

キョキョと鶯が
鶯の国歌をうたいながら
一族を呼んでいる
（人類の世紀への
　挽歌だろうか）

王城寺原で
異国の軍隊が演習で撃った
砲弾は
幾億の花の種を焼いただろう
どれほどの草木を焦がしただろう

彼岸のそらに
うっすらと隠れている
ゆうべの月が
遺して行った
杳い歴史の涙のような
露が　きらきらと光り
鶯がとび去った

庭で
梅もどきが
わたしを呼んで
いるようだ
あれ、花蕊に
赤い
鬼が一匹

寓話

真に重大な哲学上の問題はひとつしかない。自殺ということだ。人生が生きるに値するか否かを判断する、これが哲学の根本問題に答えることなのである。（カミュ*）

賢くて
異邦人とあだなで
呼ばれていた
少年は　ただいちど

幼い恋をしたことがある
《神さまって　ほんとに
　いるのかしら?》
《そんなもん　いないさ》
《でも、いたらどうする?》
《神さまに挑んで
石(ぐう)・鋏(ちょき)・紙(ぱあ)
摑(つか)んで、截(き)って
　まるめて、ぽい》
と顔を見合わせて
笑いころげた

都会にでて　幾年
いつしか　たましいは
空茫の住処(すみか)
皺くちゃな猿の顔をしていた
《都会は貨幣でできているのだ》
そう思った日から
働かずに暮らした

だから　母者への仕送りは
絶えて久しい
外に出るたび
付近の人の笑い種(ぐさ)になっていた
——ごらんよ、また
佯狂(ようきょう)の男がいくわ
ちょっと、神さまに似ているわね。
——貧乏神に

春の　ある夕暮
かんだかい笑い声を背に
戻ってくると
少女から
電報がとどいていた
「ハハ　ウエ　シス」
翌日
幼い時から賢くて
異邦人と呼ばれていた
少年は

都会の
とある屋根裏部屋で
虹のような
紐を
摑んで
宙にゆれていた

＊『シーシュポスの神話』（新潮社『カミュ全集2』清水徹訳）
「不条理な論証」第一章〈不条理な自殺〉の冒頭から引用。

Ⅲ

転生

花を切り　黄泉の帳にそなえる
そのときは　いつも
帳の奥から　童の
くぐもった声がきこえてくる
《花を殺める曲者は　たましいの敵
殺める所業にどんな理非もないからね》

戦争の噂におびえる夢の国で
夜っぴて流星がふりそそいだ
翌くる朝　庭の
花たちがみんな
恐ろしい人面に変っていた
頭に　角が三本
顔中に　瘤
目が　三つ
《動物を食う
　花もあるからね》

戦争がつづく夢の国で
虐殺された難民の子らが
つぎつぎと寝返りを打つように
外の世へと無慈悲に転がされて
夜があける　と庭の

花たちの顔がみんな
恐ろしい武器に変っていた
頭に　核弾頭ミサイル
顔中に　地雷
目には　殺人レーザー
《他人の子を奪っては食して戒めをうけた
　鬼子母の仏話もあるからね》

戦争のない夢の国で
ひたすら詫(わ)びながら
そなえるために花を切る
《たましいを櫛(くし)ですくものに
　わざわいあれ》
と　となえながら
花を切っていた
翌くる朝
花たちはみんな
ういういしい花霊の姿に変っていた
死と再生をかたどる　季節の
美しい環礁をめぐり
おもいおもいに　たがいの生を語り合い
種(しゅ)を断たれたその日から　わたしたち
痛みのわかる人になる
鳥になる魚になる　それから　それから…と
顔をみあわせうなずいて
風の袖に　さやさやふれる
すると　黄泉の帳が幽(かす)かにゆれて
童の澄んだ声がきこえてくる
《前(さき)の世　ぼくは
　花守(はなもり)だからね》

そのとき　鈴が鳴り
霧が　はれて
たましいの子午線から
ありありと見えてきたのだ
外の世の戸口に
蕗(ふき)の薹(とう)を　そっと置いて
去ってゆく　玉龍童子の

瑞瑞(みずみず)しい稚児姿が

夏の淵

蜻蛉(かげろふ)は水に生れて空をゆく魂透きとほる夏の光に＊

この世はまぼろしの時の住処(すみか)
億年の旅の宿場かもしれない
あきつ　かげろう　せいれい　とんぼ
さまざまな名をあたえられ
夏の光に羽化したものの魂群(たまむら)よ
野の隅々から湧きおこり
たがいにうからを呼び合いながら
惹(ひ)かれるようにむかってゆく
そらは澄みわたってあかるいのに
ごらん　そらのひとところ
ただ一瞬の閃光に
焼けただれた淵があり
光をも吸いこむ淵があり
白い影もつ幼いものらが
水しぶきをあげて戯(あそ)んでいる
ああ　そこしれぬその淵を
宇宙の虚(うろ)とひとにはつげてみるけれど
この世の中の窓からは
禱りのこころにしかあらわれぬ
むすうのみえない白い影に
むなしく腕(かいな)をさしのべては
天に哭き
地にわなく
鬼の声がこだまして
水惑星のそらのしじまは
今日も
風さえなぜか冥(くら)いのだ

＊大伴道子歌集『秋露集』より

日時計

ゆるやかに
日時計が　宙（そら）を
めぐっている
その影のどこかに
まがまがしい戦争のあった歳月が
隠れている
その影の繁みに
詩がしなやかな喩の力を失った
時代の罠がひそんでいる
その影の深井で
廃墟となり堆積した
世界の　悲しみの記憶が耐えている

ゆるやかに
日時計が　宙を
めぐっている

夏がすぎ
秋になり
人知れず世紀の境をまたいでゆく
季節の
牢屋（ひとや）をめぐる罪の葉脈
《時》の祭壇
いわれなく犠牲（いけにえ）が悶死した
その影の籬（まがき）に
かつて赤い日の旗印を背に
戦場を駆けめぐっていた
傀儡（くぐつ）の
血染めの首が転げ込み
姿なくどよめく声の問責に
もはや答えるすべもなく
惚（ほう）けた笑みを
ほろりと
虚空に浮かべている

真言

自然と人の営みには
美と叡智の種子（たね）を発芽する
秘められた祭儀があるらしい
朝まだき　日の受胎を告知する
《時》の梵鐘——輪廻の幕の開け際に
人知れず神呪の韻にみちびかれ
山の奥　解脱の森に入り籠り
万物の命の器に火を点（とも）す
高徳の隠者が棲んでいるらしい
だから暁　山々の
嶺は紅に燃えるのだ

わたつみの海の底には
夥（おびただ）しい死の棘がそだっているらしい
冥界の魚鱗（いろこ）の宮か望楼か
沈んで朽ちた軍艦とともに殉じて蒼々と
いつしか藻草の顔になり
巡礼の書を誦（よ）みながら
うらうらと眼を開けている
兵（つわもの）たちの霊（すだま）が栖んでいるらしい
だから杳い海原の沖から沖へ
鯨の悲歌が響き合い
世界の夜に谺するのだ

世を外れた幻野には
百の鬼　百の鬼の童らが
呪文を唱えているらしい
花の亡骸（なきがら）を焼きながら
哭き瞋（いか）り天地に哀訴するごとく
飢餓の国の人々が
凍えて枯れて斃（たお）れることがないように
輪になり囲み護摩を焚き
人にかわって祈りをあげているらしい
だから始源の闇ふかく
鬼たちの魂の耳が立っているのだ

里の家で

鬼は内
と呼ぶならわしの
里の家（や）で
この世の祭り
どよめきから離れて
はるかな旅にゆきたいと思う
幾山河を踏みこえて
黄泉（よみ）の花が　億万の
たましいの臥床（ふしど）に咲くという
まぼろしの土地
まほろばの国へ

鬼は内
と呼ぶならわしの
里の家で
この世の地獄
戦争ゆえに
虐げられた人々の暮らしを思う
天変も人為（空爆の）
地異も人為（地雷禍の）
それら悪魔の種子（たね）が宿っている
祖国という胎内に
息をひそめている児らを

鬼は内
と呼ぶならわしの
里の家で
近くて遠い
けぶる雨の行末と
煤けた空を眺めている
彼岸雨
化生の雨
耳をふさいで遁（に）げてゆく
この世の汚鬼を
隠す雨

鬼は内
と呼ぶならわしの
里の家で
遠くて近い
橋のすがた　縁(えにし)のかたちに
まだ見ぬ世のことを思っている
冥府橋
雁首(がんくび)途切橋
行って戻らぬ
外世
懸橋

野分

竹藪の中に家があった
女童(めわらべ)は竹と共にすくすく育ち
かぐわしい乙女となった　が
やがて…

竹林にふたり　仄かな
光の洞(ほら)に身を寄せあって
頬をかがやかし　月を愛した
里のはずれに
宿った
愛の蕊であったが
赤札一枚　冥府のわだちに
囚われて
青年は　戦場に行って
還らなかった

それから幾月経ったろう
闇にかくれた乳呑児と
縁側に
並んで
病む日を孕んだひとが座れば
月はこうこう冴えわたり
盈(み)つると思えば虧(か)けてゆく

そんな日々の果てではあった
（水漬く屍になるな
　草生す屍になるな）と
したためて
戻った便りを幾束も
月読みの光りの袖に振りかざし
竹林のあちらこちらをかけめぐる
姿があった
ひとよの性をふりはらい
月の船
あれ　月の船と
髪ふりみだし
転げつつ
竹林の中をかけめぐる
わかく美しい狂女があった

すさまじい
野分の秋であった

星祭り

七夕は
《わたしにとって　華やかな
　冥府の祭りなの》
と語っていた
夭折の歌人は
なにを告げようとしていたのだろう
命日の夜は　いつも
うとうとした睡りの淵に
蒼白い夢の鏡が浮かんでくる
歌人たちのたましいがゆらめく
そのまわりには　島国の
遠いおぼろな民草の暮し
暗い河原の餓鬼草子
鎧武者の大音声が
黄泉の帳を震わせて
陣笠が走り
馬が躍り

土煙りを上げて掻き消えれば
夢の鏡にゆらゆらと浮かんでくる
王朝の世の歌筵（うたむしろ）
簾の奥間は貴やかに
射干玉（ぬばたま）の月光（つきかげ）ほのかに立ち籠り
歌合せに命運賭ける悲の籬
権謀術数の物語りが
冥府の渚につづくのだ
渚に散らばる蛤の貝の浦見の歌やいかに？
とその行末を
銀河のあかりにすかしながら
恋の文目に羈旅の雲
哀傷離別・釈教神祇歌の種々を
五色の短冊に書き誌す
そうして夢の鏡に顕れた
夭折の歌人の星祭りは成就するのだ
それは
《わたしにとって　華やかな
　冥府の祭りなの》

ああそのときだ
海をこえた戦の絶えない国々で
飢餓に苦しむ人々の
無惨な絵巻の世の終り
夭折の歌人が朗々と
星祭りを詠むうたに
星滅んでのち現し世にとどく
はるか億年の光のように
他界の杳冥（そら）から唱和してくるのだ
戦禍の中で別れ別れに術もない
親族妻子（うからめこ）恋人たちが
糧尽きて病いを癒す薬もなく
末期の夢魔に襲われつつ
虚空に手を泳がせて
たがいに面影を慕い呼ぶこえの
幽かに
幽かにとどく悲しみの
緩徐調（アダジオ）が――。

暗箱

劇場に入った
はずなのに
そこは
冬空に吊るされた
鮟鱇の
暗い口のなかであった

コレラと飢えで死んだ
人々を
埋葬する墓が間に合わない
難民キャンプ
無数に亀裂した大陸の地図は
さながら騙し絵のパズルだ

暗黒世界の
巨大な口蓋でおののく
無辜の人々
その不安な顔顔顔が
ゆれている

海峡を泳いでいた
鮟鱇は
冬空にさらされて
凍り
網膜にやきついた
海流の
かなた
文明の棚場に
どたりと
墓もなく並べられた
屍と屍のあいだに
不条理の虚（うろ）がある
人類の暗箱
そこに
口を大きく開けて
「飽食」の文化が

喘(あえ)いでいる

黙契

仮面たちに囲まれた
アンソールが　ぼくを
絵の中から*
じっと、みつめている
やあ、と親愛の合図を送ってくる
すると　ひしめく仮面から
いっせいに懐疑と嫉妬の炎がもえたつ
が　神の穂のそよぎで
ぼくには仮面の実相がみえるのだ
骸骨の仮面は裁かれて冥界の囚人になった大統領
とあまたの信奉者　裁判官　検事　死刑執行人
鳥獣の仮面は腐肉をあさる雷同国家の番人たちだ
そのときアンソールは
人類の流刑地を夢想する神の代理人にひとしい

おお　ぼくの眷族よ！
彼の親愛の合図に
ぼくは思わず
やあ、と応(こた)える
一瞬　彼の姿は忽然と消えて
その跡には　くっきりと
黒い十字架がかかっている
そんな風に
芸術家の親愛は
裏切りを黙契として
送られてくるのだ
キリストの暗示によって
生け贄(にえ)の子羊となった
ユダ　あるいは
われら詩人のように

*アンソールの絵「仮面たちに囲まれた自画像」

犬と冥宮

犬　肋骨のあらわに尖った
犬　貧者の犬
思想する犬が
夢の途切れた
危険な崖からぼくを
冥宮へと
みちびいてゆく
途中
魚の顔立ちをした
眉のあおあおと涼しい
青年の霊に逢う
青年は鰓で呼吸し
実にすこやかだ
そのうしろ
鶯の顔立ちをした
髪飾りの華やかな初々しい
乙女の霊に逢う
乙女の晴着の袖から
羽が生え
いまにも空に飛び立つけはいだ
とびたつには
あつらえむきの
切り立った崖
崖の上には
玉砕という美名の砦で
生命（いのち）を断った
兵士の髑髏が土砂に埋もれ
帰られない故郷を
虚ろな眼窩に写している
崖の下には海があり
崖から海へ身を投げた
人々の無残なたましいが
波に洗われ
渚に打ち寄せられている
空は明るく
雲ひとつない

紺碧に透きとおった
美しい海に囲まれているこの島で
かつて虜囚を恥じて
鎌や剃刀や手榴弾で
自決した　たくさんの住民がいた
などとはとても信じられない
万緑が夏を彩るこの国の空で
炸裂した
ただ一瞬の閃光で
焼け爛れた
幾十万の人の影が
いまもくっきりと空に貼りつき
忘れっぽいぼくらの
享楽と飽食のありさまを
じっと見詰めつづけている
などと誰が知ろう
この澄みわたった世界の空の下で
恐怖の大王の指令で
空爆があり

家を焼かれ
罪のない命を奪われ
今も飢えに苦しむ人々がいる
などとはとても信じられない
ぼくは首をふり
ぼくを冥宮へとみちびく
犬　彫刻から孵化した
犬　針金の犬
思想する犬に話しかける
神はみな欠陥だらけだ
ぼくは神の善意を信じない
だから屈辱に耐えてたのむのだ
神は人類を産んだ落度を隠すために
ときに争って無慈悲な悪戯(いたずら)をする
そんな悪戯は止しておくれ
世界中の人と動物にゆきわたる
食糧はあるのだから
絞首台から咎(とが)なき人々を
飢えた人々を救っておくれ

救ってくれたら信じよう
これは神との聖なる取引なのだ
思想する犬
譬喩の犬が
頷(うなず)きぼくに同意するが
彼はなにかしら不安気だ
脚下(あしもと)に崖があるような眼で
脚下をみつめ
ぼくをみつめ
そしてしきりに空をみあげる
《嵐がくるのか?》
ぼくは彼にやさしく問う
彼はただ悲しげに
ぼくをみつめ
首をふり
魚の顔立ちをした青年の霊と
鷺の顔立ちをした乙女の霊が
消えていった冥宮の
入口に向かい
ぼくの影をくわえ
みちびいてゆく

老女と鷺

お宮の
垣根の内で
品の良い老女が
鞠をついて
遊んでいた

(おさげ髪の乙女の前に直立し
挙手の礼をした
軍服姿の若く凛々(りり)しい人と詣でた
思い出のお宮だ)

鷺がきた
つがいらしい

垣根の囲いには
どんな仕掛が
あったのだろう
一瞬　老女の顔が若やぎ
ぱっとかがやいて
消えた

赫々と
陽（ひ）がさしている
春の
垣根の内で
ひとところ　ぼうっとした
あれは　ひとか鳥か
姿は　さだかでないが
鉤のようなものが
すっと伸びて
一羽の鶯を捕まえた
捕まえ　羽をむしって
食す
血が点々と滴る
顔に
いちめんの
華（はな）やぎ

お宮の
羽毛の散った
垣根の内で
品の良い鶯が
一羽　袖を振り
袖を振り
終日
鞠をついて
遊んでいる

有明まで

夢の野に還らぬ霊（すだま）追いにけり

芒の原をあるいていった
面（かお）に幽冥の月影こもる
髪をふりみだした老女にであった
右手には剃刀
左手には一たばの包みをもっていた
遺髪か？
すれちがったとき
袂から微かに硝煙の臭いがした

芒の原をあるいていった
額に黄泉（よみ）の灯明を結わえた
ざんばら髪の老いた男にであった
右手（めて）に山刀
左手（ゆんで）に一かかえの包みをもっていた
兜か？
すれちがったとき
かすかに焚きこめた香の匂いがした

芒の原をあるいていった
にわかに肩にかかる重荷を感じた
大きな鳥居をくぐったらしい
白いけものが
守り神のように座っていた
神籬（ひもろぎ）の境か　内か
いぶかしむ間もなく
いまわしい声がひびいてきた
「生きて虜囚の辱を受けず*1
死して罪禍の汚名を残すこと勿（なか）れ」
からからと糸車のまわる音がして
生臭い風が声明を唱えながら
黄泉の戸口へわたっていった
すると地の軸が激しく揺れて傾き
割れた野の底に奈落がみえた
目眩（めくら）む束（つか）の間

ふいに　あまたの篝火に囲まれ
暗闇に照らしだされた
提灯のつらなるかなたに屋敷があった
《おお　芒の原に
　こんな豪勢な屋敷が
　あっただろうか》
その奥座敷とおぼしきあたり
こうこうと灯（あかり）が映えて
人々のさんざめく声
歌の賑（にぎわ）いがきこえてきた
婚礼か
一夜の契り
訣（わか）れの宴（うたげ）か　とあやしむほどに
かぼそい老女の唄うこえが
とぎれとぎれに聞こえてきた
〽通りゃんせ　通りゃんせ*2
　此処は何処の細道じゃ
　天神様の細道じゃ
……

行きはよいよい　帰りは恐い
　恐いながらも…
母の啜（すす）り泣き　そして
父の号泣がきこえた
されば　故郷に還る道絶たれた兵（つわもの）の
魂魄を野にさすらい捜す
母はむなしく
父もまたむなしい

色不異空　空不異色*3
色即是空　空即是色
受想行識亦復如是
舎利子　是諸法空相

有明
芒の原をあるいて帰った
しらじらと光る露の野に
道ふみはずし
芒の原をあるいて帰った

篝火なく
屋敷の跡形なく
たしかこのあたり　とたたずむ彼方に
からり　と
糸車の倒れる音がして
草むらに朽ち果てた墓標が二つ
重なり伏しているのがみえた
なにゆえか　逆さまに建てられた
門柱があった
通りぬけようとした
刹那(せつな)　何者かに
からだが　ぐいと引かれて
後にのけぞり
のけぞった眼に
わたしの　生首をかかげてみせながら
戦は　もう
終ったよ　と
白いけものが　小さく笑いながら
偽りめいたこえで
ささやいた

是大神呪　是大明呪　是無上呪[*4]
是無等等呪　能除一切苦　真実不虚故
説般若波羅蜜多呪　即説呪曰
往ける者よ、往ける者よ、[*5]
彼岸に往ける者よ、彼岸に全く往ける者よ、
さとりよ、幸いあれ。

芒の原をあるいて帰った
有明
地は涯(はて)まで
野ざらしばかり

＊1　『戦陣訓』本訓其の二　第八「名を惜しむ」文中の一句。『戦陣訓』は、一九四一年（昭和十六年）一月八日陸軍省から全軍に示達された。中国を占領した日本将兵の軍紀の乱れ、掠奪、暴行、放火などが続出したからである。軍人勅諭を根幹に皇軍道義の昂揚を図った訓諭書だが、新たな徳目も多い。特に引用句は、

太平洋戦争末期、戦死者は英雄だが捕虜は家門の恥とする価値観を形成し、沖縄の集団自決など非戦闘員（住民）をも含む多くの「玉砕」を生む要因となった。

『戦陣訓』の作成には陸軍省軍務課と教育総監部があたった。原案を陸軍幼年・士官・大学校の教官、前線の部隊長や幹部に示し、その意見を集約して昭和十五年秋ほぼ完成した。（参考文献①）が現今、数多の文献が此の過程を欠落し、殊更、詩人・作家の関与を負荷責任的に強調している。即ち、①起草にあたっては、〇〇〇〇や〇〇〇〇らも参加。②陸相から依頼されて〇〇〇〇が作成した。③文章の最終仕上げには〇〇〇〇が担当したという。④——も委嘱を受けたという。などと実名を記している。出版社にも調べていただいたが、いずれも典拠不明。他者の名誉に関して無自覚な著述者の伝聞や孫引きと判断した。軍機関が、権威づけるため最終的に学者・詩人・作家の知名度を利用したものと考える。もし、字句の修成くらいには関ったとしても、拒否すれば徴兵拒否と等しく「非国民」として社会的・国家的処罰を受けた時代であった。昭和初期の時勢に酷似した言論統制・情報操作への動向が急なる今日の政治社会の現象にあたり、詩人・文筆者の自覚を痛感する。

〈参考文献〉①『昭和　二万日の全記録　第六巻　太平洋戦争』（講談社）②『日本史広辞典』（山川出版社）③『日本の敗因』（小室直樹著・講談社）④『日本史大事典』（平凡社）⑤『昭和思想集』（筑摩書房）⑥『沖縄戦』（大城将保著・高文研）⑦『二十世紀全記録』（講談社）ほか。

＊2　わらべ唄「通りゃんせ」部分。これを子取り遊びとする地方もある。他、略。（日本の伝承童謡『わらべうた』・岩波文庫）

＊3　及び4『般若心経』より部分引用。

＊5　『般若心経』現代語訳。岩波文庫『般若心経・金剛般若経』より部分引用。

星蝕韻

はね橋が上がり
〈時〉の閂（かんぬき）がはずれる
すると　幽かに
水域をわたってゆくもののけはいがする
立ちこめた霧を縫い
枕辺をさすらいゆく舟か
ひびわれた胸に灯をかざし

首なし亡者がああという＊
虚無の伽藍へ向かってゆく
たましいのゆらめく影か
蝕まれた星を
とむらう唄か
中有の識閾（しきいき）
黄泉（よみ）の入江に（薄雲隠れ）
顔の虧（か）けた月が
ぼんやり吊りさがり
照らしだされた桟橋に
鬼の子らが集い合い
こぶしをふりあげ
なにやらはげしく叫んでいる
そのむこうに
そよそよと笑いながら
招いているのは芒の首だ
きのうは　そこに
花守がいた
きょう花守が身罷（みまか）って
輪廻の岸辺で
花の亡骸を洗っている
前（さき）の世から　現し世へ
現し世から　有らぬ世へ
花守の秘めやかな
鍵の手で
彼岸へ
むかってゆく舟の
ともづなが解かれるたびに
花が散り
花がどっと川面にあふれ
さざなみが立ち
きらめきながら唄うのだ

野ざらしの
鬼の耳から
花が咲く
死者たちの顔みなやさしいと
告げにくる

彼岸の使役
精霊とんぼが群れて舞う
野辺にさらされ
虚空を茫と見上げている
眼窩に真紅の花が咲く

さざなみが唄うこえに
ききほれて
ごらん
黄泉の虹があらわれる
ああ　白装束の詩歌の群れが
胸に赤い繭を抱き
虹の橋をわたってゆく
空茫の彼方へわたってゆくのだ

空茫とは
智慧と慈悲の喉輪つらぬく
無量の虚（きょ）の光芒のことである
死とは
空茫の在処（ありか）を生きるたましいの
永遠の形相のことである

花が散り
花がどっと川面にあふれ
さざなみが
またしても唄うのだ

宗教に背理し
民族を引き裂く
殺戮と争いを封じ切れない
世に生まれ
われらひとしく空茫を生きながら
空茫を知らず
飽食の国に溺れ
栄華に惑い
五臓六腑を取り替えて
何百年を生きながらえる日を願う
物狂いの成れの果て

野ざらしの
鬼の耳から花が咲く
血の色をした花が咲く

はね橋が上がり
〈時〉の閂がはずれ
彼岸の使役
精霊とんぼに誘われて
詩歌の群れが集い立つ
顔の虧けた薄墨の
月が　ゆらゆら吊りさがり
ぼんやりと照らしだされた桟橋に
おお　次々と
鬼の子らも白装束に姿化（け）し
詩歌の群れに並び立ち
黄泉の虹をわたってゆく
《遠いね
　ああ　遠いね》
詩歌の群れは　それぞれに
黄泉の虹に貌（かお）映えて
はなやぐ死児を肩にのせ
胸に赤い繭を抱き
空茫の究竟（くきょう）へわたってゆくのだ
それが詩歌の祈りであるなら
人類の文明は　いつの日か
孵化して
方舟になるであろうか

＊ダンテ『神曲』〈地獄篇第二十八歌〉より

（『有明まで』二〇〇四年思潮社刊）

詩集〈春靈〉全篇

二十一世紀の朝（プロローグ）

《本を読む行為は
　稚児を育てる　無償の
　愛の営為に似ている》と
夢うつつに目覚めながら
物語りの発芽する
感性と
知が　鏡映する
識閾（しきいき）に
少しずつ耳を開いてゆく

枕辺が　ぼうっとかがやいて
襖（ふすま）の向こう
なつかしい声と気配がする
むかし　むかし　遠いその昔から
産土（うぶすな）を守ってきてくれた
みずみずしい
言霊の呼気だ

《ぼくらはみな　赤頭巾ちゃんで
　やさしい風土に住んでおりました
　でもそこが異国の属領だとは
　だれも思っていませんでした》
次郎は　そこで、こくりとうなずき
太郎は　ぱたり、と本を閉じました
囲炉裏の火がとろとろ燃えて
島国の屋根に
しんしんと　雪降りつもり
次郎を　眠らせ
太郎を　眠らせ
それはそれは美しい　長閑（のどか）な
晴れた朝になりました

《本を読む行為は

　言葉の数珠を　たどたどしく
手繰る（たぐ）しぐさに似ている》と

目覚めながら意識の鰭をそよがせて
朝の光が射している
襖をすこしあけてのぞく
すると　そのときを待っていたかのように
白装束のひとが仄かに笑って消えた
あとには座敷に遺された
血染めの短刀が一振（ひとふり）

知と愛の絆をひもとく
詩が
今はいわれもなく裁かれる
物悲しくも痛ましい
受難の時代だ

I　化外の書

ママン　ぼくのかあさん
恐ろしい野獣の貌（かお）がひそんでいる風景の騙（だま）し絵
さまざまに入り組んだ樹々の枝葉に隠れている
あなたの背と肩　枯れた肋（あばら）を透かして春の霊（すだま）がみえる
ポキポキと今にも音立てて折れそうな骨
骨の枝から　やがて芽がふき花が咲き
花が咲けばゆらゆらとかげろうのようにあらわれる
春の霊とあなたとが
たがいたがいにからだのなかをすりぬけては
綾取（あやと）りのように指をからませ
花ふぶきのなかにみえかくれ
嬉々としていっしょに鞠（まり）をつき
手鞠唄をうたっている

ママン　いとしいかあさん
赤紙一枚　国家の召集令状で
戦場にいったあなたの父　ぼくの祖父が

白木の箱のただ石塊に変わって帰ってきた
そのとき　あなたの母ぼくの祖母は語ったのだね
人生は月の牢獄　花の夢魔
歴史と権力は精神病棟の格子を好み
狂気の脳漿をつくりあげるのだ　と
白木の箱を石塊でたたきつけながら
ママン　祖母はあなたに生涯くりかえした
《これが　せめて遺髪であったらよかったのに》
祖母は泣きじゃくり　泣きじゃくりながらあなたに頼ん
だ
《年老いて　もしもわたしが惚けた人になったら
父さんの　白木の箱を包んでいるこの白い布で
わたしの首を絞めておくれ　後生だから……》

ママン　祖母は恍惚の人になった　だがあなたは
祖母の頼みを聞き入れなかった
あなたを誰かも見分けがつかなくなった祖母を
あなたは看取り
祖母は何年も幻の世をさすらい
ある日　滑るように月の裏側に隠れていった　平穏に
ああ　ママン　それなのにそれからあなたはぼくに
祖母があなたに頼んだ言葉をくりかえした
《わたしが　もしも病んで身動きできなくなったら……》と

土工・行商・魚市場の競り…　荒くれ男にまじって
野蛮で明るい廃墟の国をあなたは生き
懸命に働き　ぼくを養いぼくを育てた
父なし子　大人になっても売れない物書き
甲斐性なし　とののしられた
世間の噂からぼくをかばい共に暮らした
あなたはとうとう過労で倒れ　ぼくは
あなたの枯れた肋をさすり　さすって悔いた
緑のしぶきに染まった病窓から　あなたを
手招きながらあそんでいる春の霊がみえた
夏がきて秋がめぐり　冬からまた…
春がくると花の宴にあやされて　あなたは眠り
めざめては春の霊とあそんでいた

ママン　あなたが病んであれは五年目の春であった
春らんまんと花が咲き　庭の
腐蝕（ふしょく）しはじめた椿の花がポタポタと
ひねもす地に落ちていた
落ちるたびに春の霊が椿の赤い花の首を拾い上げ
手鞠のように抛（ほう）りあげてたわむれる
その姿にみとれているあなたの眼の行方をぼくは
ぼんやりと追っていた
そして　とうとう最後のひとつがポトリと落ちた
そのとき　あなたはやおら身悶（みもだ）えながら
ぼくに向かって掌（て）を合わせ拝むようにして頼んだのだ
一滴のうっすらとした涙と　もはや口をきけない目で
あなたはぼくに掌を合わせ　必死に
必死に自分の首を絞めるしぐさをした
《わたしの、願いを……》と
ママン　だからぼくは約束を守る決心をしたのだ
春だというのに百の蟬　千の蟬がぼくの脳壁にすがりつ
き
狂ったように　やかましく鳴いていた
季節には魑魅魍魎（ちみもうりょう）がひそんでいる　とぼくは
そのときふとおもった
ぼくは白い布で泣きながらあなたの首を絞めた
喘（あえ）ぎながら　あなたの頬にはうっとりと微かに笑みさえ
浮かんでみえた
ママン　大好きなぼくのかあさん
あの酷い春がまたやってくる

ママン　ぼくはあれからしばしば夢魔の虜（とりこ）になった
幼いときにはやさしかった　火の夢　風の夢　水の夢
月（ほし）の夢
陽（ひ）の夢　空の夢　雲の夢　木の夢　そんな懐かしい夢
夢という夢が骸骨の仮面をかむって立ち替わり入れ替わ
り
夢魔の籬（まがき）にあらわれ　ぼくを鞭打ち
ぼくの心の髪をかきむしり詰（なじ）るのだ
油田から燃え上がる火煙がぼうぼうと夢魔の杳冥（そら）を覆っ
ている

二十一世紀の初頭
《世界は今　途方もなく不幸でむなしい
それなのに　おまえはなぜ　なんのために生きているのか？
おまえは何をしているのか？》

ママン　ぼくは運命の化外に幽閉されているのだろうか
いつからかぼくの心の網膜に映りはじめた
精神病棟を取り囲む樹々と枝葉は　みつめていると
まるで奇怪な生き物のようだ
断末魔の逆立つ髪　草叢にひそんだ地雷の眼　難破船の
竜骨　瀕死の闘牛　地獄の門　曳かれてゆくカレーの市
民　首枷（くびかせ）　鎖　鉄の格子
おお　格子に嵌めこまれた風景の騙し絵
ママン　ここから春の霊がみえる

ここから春の霊がみえる
枯れた骨から肋から春らんまんと花が咲き
花が咲けば　いつからだろう
影のうすれた女童（めわらべ）が
あなたの欠けた肩に取り縋りまた跳びはねながら
キラキラと小さな声で笑っている
あれは夭折したぼくの妹だろうか
春の霊と女童が　あなたの虚（うろ）へこもごもに
椿の赤い花の首を投げかける
愛と死とが戯れる花の宴が移ろう時に昏れるまで
ぼんやりと眺めながら
《なぜ　サロメはあのとき王へロデに
ヨハネの首を所望したのだろう？》と
とりとめもない疑問が浮かんできたりする
時折　看守がガチャリと鍵束の音を立てながらやってくる
ぼくは鉄格子をたたいて叫ぶ
法廷で裁判長に向かったときのように激しく叫ぶ
ぼくは　ヴィヨンなんかじゃない　ラスコーリニコフじゃない
この世に要ない物書きだから
彼らの「形見分け」も「遺言書」も「金銀」もぼくには

無用の代物なのだ
ぼくはただ　血の斧を手に義に背くぼくへの罰とひきか
　えに
不条理な愛の滴る意志でかあさんの首を絞めたのだ
なぜ　ぼくを死刑にしないのか
看守はちらりとぼくに憐れみの視線を投げかけて
無言劇の主役のように
後ろに手をあげながら去ってゆく
ぼくの脳壁にびっしりと土塁のように棲みついた
百の蟬　千の蟬がまたもやけたたましく鳴きしきる
すさまじい蟬しぐれがぼくを襲ってくるのだ
ママンの顔が蟬蟬蟬の無数の貌に重なり合う
ママン　百人のママン千人のママン　ママンママンママ
ン
ああ　ぼくはもう頭が壊れそうだ
………
ママン　ここから春の地獄がみえる

Ⅱ　ぽっかり

ママン　ぼくの脳壁に貼りついた蟬しぐれがハタと止み
いまは世界が変にしずかであかるいのだ
ぼくを苦しめた蔭(かげ)の国に風景を構えてひそんでいた
騙し絵のなかのおどろおどろしい物の怪(け)や
樹々にむらがっていた魔性の貌はどこへ消え失せたのだ
　ろう
ここからみえる枝々はみな瑞々(みずみず)しくしたたる葉緑
花は万朶(ばんだ)の晴(ハレ)の祭りだ
もうそろそろ帰ろうね
耳もとでそんなささやきがきこえる
見返ればその姿に肩がない
面(かお)さえおぼろな月に似てゆたゆたと
頰(ほほ)のあたりが花明かりにともってみえるのは
女童のまま大人になった妹だろうか
ママンだろうか　それとも春の霊(すだま)だろうか
手をさしのべればふしぎやそこは
空(くう)の空のはてしないくぼみ手さぐりしてもとどかない

これが虚の顔　無の位相というものだろうか

もうそろそろ帰ろうね
ふたたび誘う声がきこえる
どこへ？　化外に住むぼくに世の在処（ありか）はないのだから
帰るとは未生のみちをさかのぼり
杳（とお）い産土にたどりつくことかもしれない
とすれば　ぼくはいまその薄明の渚（なぎさ）に佇（た）っているのだ
産土を慕い心狂おしくぼくは思う
ママン　あなたの胎内あなたの羊膜に囲まれた海のなか
で
胎児のぼくはどんな夢をみていたのだろうか
こぶしには赤い繭玉をにぎっていたような気がする
胎児が拳をにぎり勾玉（まがたま）のように身をかがめるのは
祈りのしぐさだろうか　それとも防禦（ぼうぎょ）の姿勢だろうか
やさしい砦（とりで）にかこまれた原初の海だから　ひとはそれを
羊膜といい　羊水と呼ぶ
それなのに　ひとはその母の砦を蹴破（けやぶ）って世に出るのだ
ママン　だから世の母たちはみんな悲しい
母たちはみな　ついには子のいけにえとなる命運
それゆえに生まれてはじめての泣き声は
いけにえが　いけにえを呼ぶ儀式なのだ
（どこかで羊が泣いている……）

ママン　生け贄の羊が殺されたまま泣いているのだ
めえめえと哀れな羊の泣く声は　いつしか人間の声とな
り
あの世はどこ？　あの世はどこかと
歌うような妹の声になっている
幼いままで血の闇にさらわれた妹が
いつまでもああして　あの世を探しているんだな
迷っているんだな　迷っているから泣いているんだな
いや　泣いているのはやっぱり羊だ
殺されて行場の分からない羊が泣いているのだ（と混乱
する
あたまのなかに　ありありと浮かんでくる
それは）そらの奥から爛（ただ）れた皮膚がだらりと垂れ下がり
脳みそがとびだした胴体のない世界の風景なのだ

いわれなく家を焼かれ命を絶たれ
粉々に砕かれた民族のモザイク
両腕をふきとばされた孤児が涙に暮れる浮枕　地獄枕
　火の枕
ママン　ぼくも死にたいと泣いているのだ

ママン　幼いときにあなたは溜息まじりに教えてくれた
《人は善と悪との二つの心と二つの力で生きているのよ
世の中が乱れて不安なときにはね
金毛の九尾の狐があらわれて　ひとをよく誑(たぶら)かすの
いい湯だ　いい湯だと　溜池の肥やしに漬かって浴び
ていた
ママンがみたそのひとは村で評判の気の優しいひとだ
った
…けれど　人に騙されて財産の一切合切スッカラカン
にされたのよ》
ママン　それでは悪の心をもつ力に狐が憑依(ひょうい)したならば
人はどうなるのだろう　人は　どう…
殺された羊がめえめえ泣いている　…泣いている？

いや　呼んでいるのだ
あれは　けなげな生け贄の羊が呼んでいる声だ
たしかに呼んでいるのだ　恩寵だ
羊だ　あれは食糧になる羊だ
羊はさばいて食べられる　食べられる
九尾の狐が憑依して神通力を得たのだから
ミサイルやウランだって食べられる
ミサイルやウランを食べれば人間は正義の悪魔になれる
正義の悪魔の位につけば陽気に人を殺すことができるの
だ

ママン　ぼくは途方もない夢魔に魘(うな)されているのだろう
か

法廷で裁判長はぼくに宣告した
あなたの意識は幻覚に支配されているのです　と
ママン　もしもこれが幻覚ならば
幻視といい幻聴とよぶものは空(くう)を媒体として真理の究竟
　に至る
霊妙な精神の装置ではないのか　とぼくは思う

ママン　あなたは気弱な幼いぼくに諭してくれた
人はだれでも心のなかに正と邪を解き明かす鏡を秘めているの
世の中にもしも疑いが起きたならその疑いを映してごらん
心を澄まして　じっと視るのよ
すると胎児のおまえがにぎっていた赤い繭玉があらわれて
おまえを迷わすものの本当の姿がそこに視えるからと
ママン　化外の格子に立てこもりぼくは夜昼視つづけた
そしてとうとう赤い繭玉に映って視えたのだ　忽然と
水底から立ち顕れた殿堂に妖（あや）しい雲がゆきさして
鳥や獣の仮面をかむった魔性のものにかしずかれ
魔王は自信にみちて玉座にいた
ママン　ぼくは物書きの呪法によって魔王に訊（たず）ねた
汝が武力で世界を統べようと企む原理は何か？
美である　そのための戦争と殺戮（さつりく）こそはわが究極の美学
自己愛の完結・至福の恍惚である　と魔王は答えた
その形象や如何に？
血の池の相貌を為（な）す世界の造営　これである
すなわち人間の生き血を絞り心に注いで血の池とするのだ
如何にしてそれは可能か？
余は中世の錬金術師が化身　賢者の石をもつ者だ
余に備わった知それは権力と同義のものだ
されば余は力である　世界を統べる原理をもつ力である
余は皇帝ネロ・武烈天皇・殷（いん）の紂王（ちゅうおう）・夏（か）の桀王（けつおう）の比類にあらず
余の正義は余の民を潤す原理の美学をもつのだ
言い放つや魔王はカラカラと笑ってぼくに誇示した
余の力を見よ　と
ぼくは立ったまま足場がふわりと宙に傾くのを感じた
世界が壊れて重力の法則が狂ったのだろうか
地球が逆に回転し
人類の歴史が急速に中世へむかっているのだろうか
真昼なのに世界が妙に黄色く薄暗くなってきた
ほっほ　あれはいちめんの黄色い菜の花だな

うらうらとした黄色い菜の花畑だな
　菜の花や月は黄泉路（よみじ）に日は浮世に
だれが詠んだか　おかしな句だな
なんだか風が吹いて生臭い
からだのなかがすうすうしてきた
きっと核弾頭ミサイルで体に穴があいたんだな
いや　そうではない吹きとばされて　もう
ぼくはからだがないんだな
ぼくはたぶんこの世の人ではないんだな
南無や西方弥陀如来
東方薬師瑠璃光如来
されば祈りの真言呪文を唱えませ
《唵呼盧呼盧戦駄利摩撜祇莎訶（おんころころせんだりまとうぎそわか）》
ほっほっほ
おいでおいで　化生の者はみんなおいで
八方徳池じゃないけれど
蓮華のふねによこたえて
あたたかくてきもちのよい
血の池に浮かべてあげるから
ぽっかり。

Ⅲ　みぎわ、窈窕のかなたに

扉を開けると燦きわたる汀がみえた　岬は遠い
ふいに少年の裸身をめがけていっせいに光がしぶきをあげ
低くたむろしていた霧が微かな叫び声を立てて退いた
泡立つ小波（さざなみ）が美しい髪を爽々（さわさわ）とほどいて少年を招いた
——砂の器　そのひんやりとした籬に踏み入れた足裏から
生の秤量（はかり）にふれたおののきがはしり
血にも考える意識があるのだ　と少年は思った
汀に近く小舟が浮かんでみえた
刳舟（くりぶね）……　祖霊がこの島にわたってきた刳舟！
ああ　あの舟にのってぼくは今日ぼくという少年に別れを告げるのだ

少年はそう信じて波間に入った
だが近づくとそれは刳舟ではなかった
少年は一瞬まぶしさに目がくらんだ　柩だ！
刳舟と思ったそれはかがやく黄金の柩であった
少年は手をふれようと近づく　黄金の柩がすいと遠のく
海は遠浅でどこまで進んでも胸もとを浸さなかった
とうとう柩を抱えあげるしぐさで手と腕をふれた　が刹(せつ)
　那(な)
黄金の柩はほろほろと砕けて金色の光が指間からこぼれ
　おちた
すると　水底から二つの柩があらたに浮かび上がった
ふれれば砕け　二つは五つに五つは十に
少年はたちまち周りをあまたの黄金の柩に囲まれた
それなのに手をのべて身をやすめることができない
望んでも望んでも死を賜ることができないむなしさ
果たすことができない入水の悲しみが少年の心にどっと
　あふれた
ママン　ある朝あなたは目ざめたぼくの顔をつくづくと
　眺め
なにか悲しい夢をみたのか　と頬をぬぐってくれながら
　問いかけた
ぼくは黄金の柩の話をした
そう　わたしもそんな夢をたびたびみたわ
おまえがまだ乳呑児のときで毎日がとてもひもじかった
お乳がでなくってねえ　それでおまえのあとの……
いいかけたママンの顔に雲が翳(かげ)った
――妹　あえかな妹の呼名が浮かんだがぼくは黙した
しかし同じ夢をみるなんて　おまえとわたしは二卵性夢
　想児なのね
とママンは少し道化て語った
けれどこれはきっと夢占で祖霊守護の吉兆なのよ
そう信じてわたしたちもっと心強く生きなければね
春らんまんと花が咲き
花が咲けばゆらゆらとかげろうのようにあらわれる
春の霊(すだま)はもしかして遠い祖霊の仮の姿かもしれない
だからママンを招き妹を呼び

花のふぶきに見え隠れみえかくれして
たがいたがいにからだのなかをすりぬけては
綾取りのように指をからませ
川をつくり橋をかけ家を建て鳥居をくぐり
戯れながら童唄をうたっているのだ
ならば祖霊が自在に往き来する空間と時間とは
どんな位相をしているのだろう
精神病棟の格子から化外の景色にみとれているぼくの身
　には
空間は嵌(は)め殺し
時間は履行することなく永久にぼくを苦しめる刻(とき)の死刑
　執行人だ
ママン　ぼくはこの理不尽を牢屋(ひとや)にこもって思いつづけ
　た

（嵌め殺し）

月の（属性する）死と
日の（属性する）生に
囚(とら)われて

嵌め殺し
いまは　ひたすら
心の飢えに耐えながら
世界の
語らない壁
閉ざされた襖に化(な)っている

ああ　わがプーシキン
その生涯の決闘に
義はなくとも　愛はあったか
愛はなくとも　祈りはあったか

この世紀を浸す闇の顔
しのびよる夢魔のたそがれに
窓であって　窓でない
われらの閉ざされた知には
狂気の世界を解きほぐす糸口がみえない
小心な　それゆえに横暴な兇器をふるう
権力の腸(はらわた)を裂く手だてがみえない

ああ　わがプーシキン
無用者の冠をはずし
どこかに
禍々（まがまが）しい権力の構図をあぶりだす
知の装置はないか
祈りよりつよい
知の切札（カード）はないか

月の（属性する）死
日の（属性する）生
に囚われて
嵌め殺し
幽囚の壁　無明の襖に化身して
ひたすら
キリストの思想について考える
仏陀の思想について考える

*

ママン　ぼくはいま不条理の楔（くさび）につながれながら
切れ切れにママンの《ことば》を思い出している
月日が百代の過客であるなら
《この世とは　まだ見ない世と過ぎし世との
境を紡ぐ〈時〉の住処（すみか）
幻の窈窕（ようちょう）のかなたに人は生き人は死ぬのだ》

Ⅳ　幽明鈔

化外の格子に立てこもり
心の闇に消えてゆく夕べの光（かげ）を追いながら
ママン　ぼくはまたあなたの《ことば》を思いだしてい
る
《ユウメイノサカイハ　ツキガフカスル　バショナノ
ネ》
言葉も意味もわからない幼い日の春だった
祖母のさびしい野辺送り　骨を拾ったその夜のことだ
ママンと二人　はかない祖母の白木の箱の前にすわり

破れ障子の座敷から　ただぼうっとみあげていたそらに
――庭がほのかに明るんで
すらりと反った金色の魚のような月がでた
ママン　あなたは縁にたたずんで
宙にむかってのべた手をなぜかしきりにそよがせた
あれは何を招くしぐさであったのだろう
《夢？　鱶？》ぼくにはそのときわからなかった
日月もかげろうならば身もかげろうと思う今
ぼくはたしかに人間(じんかん)が宿す悲しい性(さが)の喩えと知ったのだ
《幽明の界(さかい)は　月が孵化する場所なのだ》と

春らんまんと花が咲き
妖美の渦に華やいだ花吹雪がいつしかやみ
月明かりが照らしている他界のそらの道しるべ
化外につづく国境の蒼茫としたそのあたり
不穏なものがどこかにひそんでいるようだった
花にさそわれた漫(そぞ)ろ神か傀儡神(くぐつがみ)か
いやそんな浮かれた気色はない
血の匂いを嗅ぎあてた魔性のものがひそむけはいだ

恐ろしい野獣の貌が隠れている風景の騙し絵
あそこだ　さながらあの空洞は蒼々と海底にねむっている
月が沈んだわたつみの鱗(いろこ)の宮へとかよう洞だ
その奥処(おくが)にじっと息を凝らしているあの物影は誰だろう
春の霊(すだま)の姿はない　あれはたしかに異形の者だ
ほっほ　異形の者がぼくの脳を削ぎにきたのだな
ママン　ぼくの脳壁の隠れ家で　さりさり
さりさり　と無垢の魂を削る音がする
感性の火夫を襲撃する　さりさり
知性の護衛を襲撃する　さりさり
世界がまたなんだか黄色くなってきた
いちめんの黄色い菜の花だな　菜の花畑だな
いや　タンポポだ
ママン　ぼくの脳壁にびっしりと貼りついたタンポポのむれが
まるで万華の鏡となってめくるめく
めくるめきながら
言葉の白刃　殺気の断片と化して乱舞するのだ

狂気。――さりさり　と脳を薄切りにしてゆく妖気だ
そう　ぼくはぼくに刻印された〈狂気〉の原拠と
〈幻覚〉の定理について考え込んでいたのだった

（「さりさり」と「タンポポ」）

知が血を纏う産褥の世界　さりさり
――杳い民族の塒に　さりさり　還ってゆく嘆きの祖霊
さりさり　と薄切りの記憶が堆積する歴史のむくろ
さりさり　とアウラ　足占から炙り出される古代
アウラの呪術　アウラの巫女が
さりさり　さりさり　一歩二歩
（死と再生の兆しを占う）
さりさり　幻覚の氷点に近づく　さりさり
土偶の妊婦の腹部を縦真一文字にさりさり切り裂いた線の闇
さりさり　と黄泉返りの闇に幽閉された秘儀の条痕
ああ　あの人の形した哀しみと祈りの化石――から
さりさり　とあらわれてくる縄文
このくにの本のかたちを侵し
稲をかざし　さりさり　上陸用舟艇で襲来し歓呼するヤヨイの兵
ヤヨイの苑は見渡すかぎり　さりさり
さりさり　縄文のタンポポ　弥生のタンポポ

半世紀前　さりさり　戦にやぶれ
日本中がオキナワだったね　タンポポ
食物に買われ　衣裳に誘われ　焼け跡の闇市で茫然
――あれ、みなし児がパンを盗んで雑踏を逃げ去る
さりさり
（産ミノ母ハ進駐軍の兵隊サント行方シレズニナリマシタ）
タンポポ戸惑い　やがてヴギウギ　心わくわく　さりさり　ウキウキ
――凌辱か愛か？
あるときは土偶に似た娘さん　夜業の帰路で不意に、さりさり
引き裂かれ　毟られたタンポポ
――犯人は足跡の大きな男と新聞に載った

不覚にも倫理の壺を抱えて哭（な）くタンポポ
それから　それからタンポポたちはどこへいったでしょう
エゾタンポポ　西洋タンポポ
ああ　タンポポはみんな仲良く行列そろえて
小田原提灯たくさん点し
汽車〈黎明行〉にのりました
始発は日本橋（だったでしょうか）
それとも新橋（だったでしょうか）
さりさり　とまぼろし　記憶はもうおぼろです
ものみなは　かたちなくほろびさりました
ほろんで文明の組み替えられた遺伝子に因って
　さりさりと胎化したタンポポ（母の護符を拳に握り）
　さりさりと退化したタンポポ（離散難民となって）
　さりさりと帯化したタンポポ（継母（ままはは）の悲運のカナリア）
雪月花　さりさり　と呪われ
さりさり　喪われてゆく歴史の五感――を記憶する立木の
樹液の溶暗をめぐる縄文の血・弥生の血
このくにの季節のかたみから匂い立つ血の香気
そう　つい春先までは梅の花が気高く咲いていたのだ

（青鮫）

梅咲いて庭中に青鮫が来ている　金子兜太

ふと鮮烈な句がぼくの脳壁をよぎった
そのときだ　血の幻覚を嗅ぎつけたか
ゆらり　と魔性の影が揺れ
墨染払った月明かりに彼が正体をあらわしたのだ
おお看守だ　いつからだろう
長い間そうして彼はわたつみの鱗の宮の洞にひそみ
ぼくの挙動を窺っていたのだ
しかし　なぜ？　なんのために？
（彼の名は知らない）
ぼくは彼を青鮫と命名した
が　ぼくはすぐに彼に気づかないふりをした
ぼくはぼくに名づけられた〈狂気〉という記号の原拠
〈幻覚〉の定理を孵化しなければならないのだ

ぼくは格子をはなれ　ふたたび想いに耽っていった

（幽明）

幽かなものが幽かに季節をわたってゆく
《阿(あ)》と告げて蟬逝くあした香炉焚き
ほのかに空の座にのぼる
香雲
夏の終わりを告げる秋の潜り戸を
かすかに黄泉の帳(とばり)へと回帰してゆくものがある
《吽》うんと鐘の韻(ひびき)に耳澄まし
風に光り頷いて仄かに笑顔を浮かべては
優しくささやき合っている
慕い哭き念誦(ねんじゅ)して
かげろうを栖(すみか)とする性の悲しさに
愛するママンのあやめ鳥あやめもしらない行方の
日を追い数珠を繰りながら
ひまわりの花かげ遙か白銀の杖をひきひき遠離り
遠離りながら呼んでいる
あの幽かなものはなんだろう
くだけ　壊れた夢　かけら
〈時〉の淵に入水した赤い椿の花の首
また陽炎の立つある日には
あなやと叫び
心悶えて消えてゆく雪女の姿した
ああ　あの人の形した
月の下で影が　影踏みあって戯(あそ)んでいる
幽かなものはなんだろう

*

ママン　ぼくの脳壁の隠れ家で　さりさりと
角を切り落とした鬼がおんおん哭いている

（鬼界眺望）

V 鬼界草子

《角を切り落とした鬼が　おんおんと
便りを手にして哭いているのだ》

舟桟橋にきたけれど
彼岸に渡る舟がない
祖母はいまだに彼岸で病み惚け
ママンは長生き無用と掌(て)を合わせ
妹はお乳がほしいという
祖母とママンと妹を癒(いや)す術(すべ)とてないけれど
彼岸の里で　ひしと胸に抱きしめたい
ひがんにわたる舟がない
わたる方(かた)ない悲しさに
「今昔」の故事をよすがに祈るばかりだ

　たてまつるはちすのうへの露ばかり*1
　これをあはれにみよのほとけに

三世の仏に祖母とママンと妹の　後生を
ひたすら念誦する
念誦すれども　おそろしや
ほろほろほろと散る花の里は
果てまで野ざらしばかり
鶯一羽が地蔵の赤い頭巾にとまり
ママンヲコロシタ　ホーホケキョ
一声、鳴いて血を吐き息絶えたのだ

（鬼界憂思）

《月の人》
と囁くこえで呼んでみる
仄(ホノ)カナ、白イ穂
ソヨグ手、波

月ノ電波ニ見エカクレ
ミエ隠レシテ
溺(オボ)レテイル
白イ帆
——魂ノ
小舟。

《長生きして　わたし

良いこと　あったかしら
…思いだしたいの
おしえておくれ
ねえ　おまえ》
祖母か　ママンか
微かな声に
狂オシク　花乱レ
心ノ穂群《ホムラ》掻(カ)キ毟(ムシ)ラレ
日ノ鏡割レ

けれど、けれども、と
ふたたび　みたび
応えて　呼んで
呪符の領布《ひれ》振り触れる
——魂の
絆。

ママン　ママンだね
白い帆

白い布
ぼくにわたして
幽明の界　芒の屋形に住んで
もう　幾年になるかしら
……ママン
《月の人》
と密(ひそ)かに呼んでみる
芒ノ手　頻リニ
ソヨガセ

（鬼界変相）

《舟よ　舟よ》
都鳥　離れてゆくそらへ
手を振って
今の世も　声をかぎりに
喚んでいる
僧都(そうず)俊寛　俊寛さん

五衰の相　幽鬼の衣を身にまとい

蓬髪肩にふりみだし
目のつぶれた法師さながら
日をまさぐり
月をまさぐり
荒磯砂浜を流離(さすら)って
風によろよろ
雨によろよろ
水を命の酒と汲み
平家の世から　よくもまあ
八百年有余も島守りの遺恨を
抱いてきたものね
僧都俊寛　俊寛さん

祇園精舎の鐘割れて玉と砕けた血の砦
崖の上から身を投げた　人々の
魂の漂う波のはてしなく
寄せて返せど戻れなかった
痛ましい人たちがいたのよ　俊寛さん
父母の国から何百里
離れて遠い強制収容所(ラーゲリ)で
虜囚の心に懸けられた手枷足枷鉄鎖
飢え極まった目前に顕れてきたその姿は
すきとおった　この世の外のおのれであったか
とうめいなものを見た　と言って[*2]
立ったまま死んだ[*3]男もいた
「頭の中を狂わせる」[*4]厳寒の凍土シベリアに眠っている
帰りたくとも帰れなかった人たちが
たくさん　たくさんいたのよ
僧都俊寛　俊寛さん

そのむかし（——それは記憶の昨日のことだ）
若いあなたの姿にとてもよく似ていた
こころやさしい島のひとりの青年が
御上(おかみ)から戦場に行けと
赤紙一枚手渡され
《人殺しにゆくのは耐えられない》と
海ゆかば　ひらり、崖から入水した
非国民よ　狂った者よ　と

島人の心ない者らにののしられ噂されたが
ある日　物見櫓の半鐘が島人たちを走らせた
磯辺に　打上げられた青年のからだに海の藻が絡み
お腹（なか）がむごく膨らんで腐りかけた肉叢（ししむら）に
蟹がサリサリ
むらがり寄って食べていた
そんな世の中がもう一度
こないものとも限らないわね
このくにの　いまのかたち
……しゅんかんさん

＊

ママン　ぼくの脳壁の物見櫓で誰かが半鐘をたたいている
《このくにのかたちが消えてゆくよう　滅びるよう！》
と
半鐘をはげしくたたきながら叫んでいるのだ

＊1　「今昔物語」巻二十四ノ第四十九話の挿歌参照。
〈貧しい私には　三世の仏にも蓮の上葉の露ほどの乏（とも）しいお供えしかできませんが　どうかこれをあわれと思召し下さいますように〉
「つゆ」は「露」と、少し（も）の意の副詞「つゆ」を懸け、「みよ」は「見よ」と「三世」（前世・現世・来世）を懸ける（新潮日本古典集成「今昔物語集」より）。はちすは蓮の古名。
＊2・3・4　『鳴海英吉全詩集』（本多企画）一二六頁・作品「夢」より。

VI　夢魔絵帷子

半鐘が割れるように鳴っている
ぼくの脳壁の物見櫓で　乱打する半鐘揺れる陸
島を囲む海の潮が蒼ざめてみるみる沖へ引いてゆく
大津波が間もなく襲ってくるのだ
早く逃げよ　早く逃げよ
だれかが　ぼくの肩をしきりにゆすっている
誰か？　束の間ぼくは我に返った

室房の戸口をはげしくたたく音がしていた
配膳の差出口から何者かが顔を覗かせて
大きな声でぼくを呼んでいるのだった

《馬みたいに立ったまま夢でもみているのかね？》
と彼は振り返ったぼくに眉を顰めて話しかけた
青鮫？　青鮫だった

――ほんに…　とぼくはぼんやり青鮫をみながら思った
あれから何を考えていたのだろう？
そう　ゆうべ少年の日の夢をみたのだ
いつの間にか背丈の伸びた妹と　ぼくは
提灯さげて手をつないで村の鎮守の鳥居をくぐり
夜更けの径を螢を探しに行ったのだった
思えばその夜謎めく螢が蚊帳にきた
蚊帳の中にすっとはいり
光って消えてまた光り蚊帳を幽かにぬけでていった
あのとき蚊帳のそとの暗闇にぼんやりと浮かんで顕って
懐かしげにほほえんだ　あれは
誰であったのだろう
おいで御出でをするように
鳥居の奥へとぼくらを誘って行ったのだ

《鳥居だって？　螢だって？
なにをまだぶつぶつ……
　それとも他に誰かそこにいるのかね？》
誰もいるはずがないことは青鮫が一番知っているのだが
まだ物思いに囚われているぼくを訝し気にみつめている
ぼくには分かっているのだ
室の隅の一所がぼくの目にはぼうっとほのかに明るんで
春の霊が目を細めて眺めている
ぼくの背中が急に重くなり軽くなる
そのたびに妹がキラキラ笑い
ぼくの肩や周りを跳びはねては　また
ふざけながらゆすっているのだ
ゆすりながらぼくをしきりに誘っている
誘う声は　いつしか童の歌になり
うたいながら妹はずんずん先へかけてゆく

〽てんてん手鞠　てん手鞠*1
黄泉の平坂ふみこえて
螢を追って行ったまま
草葉に隠れた妹が
陰からまたひょいとあらわれては
無邪気に明るくうたっている
〽てんてん手鞠の　手がそれて*2
何処へ行ったの　ホー螢

これは黄泉の景色だろうか
現(うつつ)だろうか
あ、あの田ン圃の畦(あぜ)にひかっているわ
螢よ
捕ろうよ　兄ちゃん
（いつの間に口を利けるようになったのだろう）
いけないそれは　ああ、危ない
螢でないよ
蛇の目が光っているんだよ
嚙まれてしまうよ

騙されてはいけないよ

☆

騙し絵
この世には騙し絵がある
《絶望は心の涸れた川なのよ》
ママン　あなたはいつもそう語っていた
《涙は心の慰藉　ひとを救い自分をも騙すものなの
だからおまえ悲しいときは
思い切り泣いて涙を流しなさい》

騙し絵
この世界には騙し絵がある
果樹園のたわわな実りが
横にすると飢えた難民の逃げ惑う顔になり
獅子吼する統領の貌が
横にすると悪魔に化身した姿に変わった
妖怪が今　世界を徘徊しているのだ
黒いマントを着た〈国益〉という名の妖怪が——

狂気の王の劫火で手足を奪われた人たちの
心はうつろに空をみつめたままだった
ひととせ日時計がめぐり
あれから向日葵（ひまわり）の眸に露は宿っただろうか
絶望の川を涙はほとばしっていっただろうか

騙し絵

歴史には騙し絵がある
倭建（ヤマトタケル）のかちどき刀身（さみ）なしに哀れ出雲建（イズモタケル）[*3]　カインの嫉妬
　アベルの血の声
馬子に弑（しい）された崇峻天皇　ヨハネス八世に相次ぐローマ
　教皇の暗殺[*4]
貴籠乱入の鹿を薙ぎ払った鎌足　元老院剣（つるぎ）の陥穽（かんせい）シーザ
　ーの非業
時は今天（あめ）が下しる五月闇そらをも焦がす本能寺[*5]　司教の
　謀略ジャンヌ・ダルクの焚刑
桜田門外横死の井伊直弼　ガンジーの痩骨（そう）を射貫いた血
　の兇弾

トロツキー　張作霖　伊藤博文　ケネディ大統領　ヤシ
　ン師の暗殺…
神話・伝説・古代・中古・中世・近現代そのどこを輪切
　りにしても悍（おぞ）ましく立ちあらわれる
暗黒の森につつまれた夢魔の絵帷子（かたびら）　それは
古今、権力・政略・陰謀まんじともえのクロスワードだ
おお　そして人類の歴史は戦争の歴史
戦争と紛争の地獄絵なのだ
時は今　帝国火山が世界に鳴動しつづけている
記憶に禍々しいベトナム、アフガニスタンそしてイラク
　侵略戦争
アウシュヴィッツの亡霊の列が嗚咽しつつ通り抜けて行
　く分離壁に鎖されたパレスチナ[*6]
おお　それら数え切れない夢魔の歴史に君臨する帝王の
　麾下（きか）
二十一世紀の十字軍旗[*7]がひるがえる世界とは
まさしく煮えたぎる社会鍋だ
社会鍋だって？

それは救世軍の慈善鍋のことかね?
青鮫の悲鳴のような声でぼくは目覚め
ひた、と青鮫をみつめた
――脳裏に詩の閃光が走った

*1　岩波文庫『日本童謡集』「鞠と殿様」(西条八十作)冒頭引用。

*2　*1に同じ。

*3　古事記歌謡23第五句・書き下しは「さ身(み)なしにあはれ」。(日本古典文学大系　3『古代歌謡集』岩波書店発行、参照五二頁)

*4　ヨハネス八世は暗殺(西暦八八二年毒・撲殺)された最初の教皇となった。セルギウス四世(一〇一二年撲殺)まで九人の教皇が権力の座をめぐり暗殺されている。(『ローマ教皇歴代誌』創元社発行、参照)

*5　主君・織田信長を弑した明智光秀が叛逆を決意したとされる発句「時は今天が下しる五月かな」を踏まえて、ここでは「五月闇」とした。
「時」は、明智氏の祖先とされる「土岐」を隠し、「天(あめ)」は雨(さみだれ)の懸詞。「しる」(領る)は支配するの意。「土岐氏の子孫である自分が、これから天下を支配する決心をした、この五月よ」の裏の意味があると言われる。(島内景二著『歴史を動かした日本語100』河出書房新社発行、部分抜粋)

*6　分離壁上部の金属フェンスには電気が流されている。完成時には全長六百五十粁を超えるという。(「週刊金曜日」〇四年一月三十日号・筆者小田切拓、参照)

*7　9・11直後、ブッシュ大統領は軍事行動を十字軍の遠征にたとえて演説した。アメリカの「キリスト教原理主義」を体現したこの宣言を歴史から抹消してはならない。解釈で歪曲してはならないと思う。

Ⅶ　青鮫、姿なき或問

春の霊(すだま)がひそんでいる室房の一隅が　ぼうっと大きく明るんで消えた
夢魔の網からふりかかる蜘蛛の巣を払いのけながら
ぼくは折れた檣(マスト)のように青鮫の前によろめき立った
飢えた虎が吼えているのかと思ったよ

大声で社会鍋と言っていたが――
救世軍はなぜ軍隊式組織なのかね？
軍服を装わなければ貧者を救済できないのかね？
それとも　天国から降り立った神の軍隊だとでもいうの
　かね？
唐突な彼の問責に呆気にとられているぼくを
――その顔は、と指さした
まるで　地獄の季節で難破した座礁船　いや
磁針の狂っちまった酔いどれ船だ
ぼくは内心ぎくりとした
（理不尽な非難の錐だ…）が、彼を揶揄する快感がぼく
　を唆した
あなたは　アルチュール・ランボーの詩を知っているよ
　うだが
ぼくのなかで吹き荒れていた嵐は神への憎悪　いや憎悪
　の復讐だ
憎悪の復讐だって？
ああ　わたしもかつてどれほどその憎悪に苦しめられた
　か

――青鮫は髪を掻き毟った
髪の中に無数の小さな蛇がとぐろを巻いているのがみえ
　た
だがねえ、君　それは所詮中世の遺物　懐かしい古典的
　黄昏の諧調さ
神への反逆は神の存在を肯定することにすぎないからね
それは世界を善悪二元の思想に収斂することだ
神は曖昧を許さない　それが却って人類の葛藤を生んで
　きたのだ
人類はその善意の光背と憎悪の復讐が格闘する世紀を際
　限なく体現した
一つは翼をもった天翔る巨大な龍の姿に化身し
一つはヘドロの墨で世界を覆い隠してしまう巨大な蛸の
　姿に変わった
そして格闘の末に二者ともに滅びてしまったのだ
目を凝らしてこの世界をみるがいい
思想の毒素　髑髏と化した思想のカオスがあるばかりだ
堕落して悪魔の姿に化身した天使の呪詛が渦巻くように
　ね

だから人々の心底をいまだに支配している神の善意ほど
　無邪気で厄介なものはない
それは彼らの神が善意と等しい質量の悪意をもっている
　からだ
ある日わたしは清らかな女童の姿にそれを確信した
とある夏の日盛り…　それは公園の砂場だった
天使の絵からぬけだしたと思うほどの可愛らしい女童が
蹲ってひとり　童唄をうたいながら夢中になって遊んで
　いた
〽三また佐倉の宗五郎*1
　四また信濃の善光寺
わたしは女童のしぐさをそっと覗き込んだ
蟻だ！　砂糖菓子をめあてに列をつくってくる蟻
その蟻を白い愛らしい指で無心に潰しては集めている
〽三また佐倉の宗五郎　四また信濃の善光寺
繰り返し同じところを歌っている女童のそばには黒々と
すでに蟻の屍がこんもりと小さな山になっている
ほほう　変わったことをしているね
女童は驚いて…逃げる、と思った

が肩をぴくり、と　固くしたままやがてぽつん、と言っ
　たのだ
《蟻さんの　お葬式なの…》
一瞬　わたしの脳裏に少年の日の記憶がまざまざと蘇っ
　た
〽夕焼(ゆうやけ)、小焼(こやけ)の*2
赤蜻蛉(あかとんぼ)の歌をうたいながら野原で蜻蛉釣をして遊んだ
日々
竹竿につけた糸の先に雌のトンボを結わえつけて雄を誘
う
捕獲したトンボの羽を千切り雌のトンボに雄の肉を食わ
　せるのだ
そんなむごい野遊びのあるときだった
悪童たちと離れていたわたしのそばに　何処からか
《狂気の影》と名告る男があらわれて少年のわたしを唆
　したのだ
鬼蜻蜓(おにやんま)を捕まえて神さまトンボに食べさせてごらん　と
逆らえない呪力のある囁きだった
わたしは試した　だが

神さまトンボは恐がって鬼蜻蜓に顔を背けた
この臆病者奴が！　狂気の影――　男は、怒って
神さまトンボを鬼蜻蜓にむしゃむしゃ食わせたのだ
《お葬式なの…》と女童はもう一度小さくつぶやいた
そう　じゃあ　佐倉宗吾を知っているかい？　誰にその歌を教わったのかね？
問いかけながら　わたしは不意に激しい嘔吐に襲われた
女童が弾かれたように跳ね上がり走り去るのと同時であった
大人は子どもの遊びを合理化して実行する
神への燔祭　そして正義の生け贄　神の名を騙る戦争
――それは
権力者の難局打開の方策なのだ
えっ？　トンボのからだに血が流れていなかったかって？
そう　わたしにもそれが不思議だった
トンボの頭から背へくっきりとした肉の裂目をつくづくと眺めた
すると　その模様がまるで仏陀の顔に見えてきたのだ

わたしは今　追憶とともに確信する
仏陀とは十万世界に存在する草色の血脈をもつわれらが始祖の形象
人類がさずかった畏るべき真理の大いなる喩だ　と
だが人類の科学は文明を物質の昇華と見做して自然との同化を拒んだ
だから神に燔祭しては　日々
血の滴るビフテキに舌鼓を打っている
さらには飽くなきその貪欲と嗜好のために
人間は牛骨や鶏骨の粉末を牛や鶏の飼料にしている
つまりは人為の共食いをさせているのだ
だがねえ、君　――と青鮫はそこで急に声をひそめた
わたしの友人に獣や鳥と話のできる人物がいてね
ヒトを除外した生物界では今　鳥獣魚介植物類が結集し
生物連帯世界代表会議というのが設立されて密かに計画しているというのだ
そう　人類への捨身の報復だ
自然界からの報復　大逆襲が始まったのだ
狂牛病　鳥インフルエンザをさきがけに

恐るべき新種の疫病がペストのように襲い世界を席捲するのだ
だが　人類はついに懲りないだろうさ
人類はまだ十分に進化していないと唱えている学者もいるからね
文明とは今や邪悪な鰐の膨れた腹から垂れ下がった醜い物量の乳房だ
人類はもうこの悪霊の宿った魔の乳房から脱(のが)れられない
地球が滅びるまで悪徳の美学で組織された甘い汁をたっぷりと吸うがいいのだ
えっ？　退化も進化のうちではないかって？
そうかも知れない　人間が人間でなくなるという意味ではね
億年後　人類の生殖形態は全く異なっているだろう
不老不死の妄想は止めどなく
クローンの増殖は愚か性器官の男女交接は不要になる
もっとも本能は痕跡器官のように残り
テレパシーによって恍惚境に達するのだ
内臓？　もちろん人工化の極みに不要のものとなるのさ
両性具有のノッペラボウの奇態なアメーバのごとき個体に変化するのだ
何？　ばかばかしい終末論の鑄型だというのかね？
青鮫はふいにけたたましく嘲(わら)いだした
と室房の囲いが　にわかにぼうっと掻き消えたとみるや
青鮫の姿が目眩むばかりの渦巻く炎の燐光に包まれ
おお　ヨハネの黙示録の馬が空中に浮かんだのだ
白い馬　火の赤い馬　黒い馬　蒼い馬が次々と喇叭(らっぱ)を合図に
ぐるぐると廻りながらあらわれるのがみえた

＊1　岩波文庫『わらべうた』「一番始めは」（手鞠唄）より引用。
＊2　岩波文庫『日本童謡集』「赤蜻蛉」（三木露風作）冒頭引用。

Ⅷ　掟なき咎

海馬。
大脳皮質の薄明に漂う幼い記憶の淵から

とぎれ途切れに微かなとても懐かしい
祭囃子や太鼓の音がきこえてくる

ママン　ぼくの海馬で荒れ狂っていた　あれは
不可解な幻覚　それとも白日夢であったのだろうか
感性の檣が折れて茫としているぼくをみつめながら
青鮫が優しく気遣わしげに尋ねるのだ
熱はないのかい？　顔色が……　具合が悪いのではない
か？
彼の潤んだ瞳の渦潮の中に溺れるごとく牽き込まれてゆ
く
一頭の黒い牛の姿が映った
沈みながら　ふと瞬く運命をふりむく屠殺の牛…
ああ　なんて暗く物悲しい　だが柔和な瞳なんだろう
ぼくの心の宙空に流れ星が　すっと一筋尾を曳いて消え
た

どうやら君は神を呪詛するほどの大きな苦悩と
夢魔の譫言に取り憑かれているらしいね？

わたしの生涯にもそんな記憶の鬼門がある
わたしは、…と彼は息を呑み
少年の日　父を殺そうとした　と語りはじめた
彼の額に神に鞭打たれた証(あかし)のような痣が浮き上がり
顔が苦悶に歪んだ

わたしの家は貧しかった
が家庭は城
父はとてもわたしたちを労(いたわ)ってくれた
不吉な雲が世間の屏風に翳りはじめたころ
小作農の父のところへ村長の地主がしばしばやってきた
拍子木を打つしぐさで何かをしきりにすすめていたのだ
それは後で母にきいたことなのだが
お前さんは頭がいい　だから軍隊にいって憲兵になれ
そうすれば小百姓から出世できるんだからな――　と
父は諾わなかった　そしてそのたびに
なぜかわたしを呼んで頭を撫ぜるのだった
父さんはねえ、と母は後にわたしに語った
憲兵を嫌って法務官*1になりたかったのよ

でも学歴がねえ——。
それから幾月経ったろう
ある日　母が蒼ざめながら父の前に座っていた
父に召集令状がきたのだ
あくる朝　村は鎮守の祭日だった
さあ　坊ず肩車だ
母から　銭を入れた巾着を渡され
父とわたしは祭りに賑わう社（やしろ）にむかった
奉納の田舎相撲や猿回し
綿飴や　たわい無い富籤　風車（かざぐるま）　面売り　金魚掬い
わたしは父の肩から降りて風車を手に金魚掬いに夢中に
　なった
ふと気づくと父がいない
父ちゃん　わたしは泣きながら父を探した
と不意に、——おい坊ず。むんずと後ろから肩を捕まえ
　られ
白狐の面がわたしの顔をぴたりと覆った
おびえたわたしを父は抱き上げ　なおもおどした
さらってゆくぞ　攫ってゆくぞ
いいか坊ず　人はみんなこんな仮面を心に隠して生きて
　いるんだ
その夜　わたしは白狐の面が顔に貼りつき離れなくなっ
　た夢をみた
それから数日後　家は親戚縁者村人たちで賑わった
武運長久　祝出征。日の丸の旗が床の間に飾られ
村長が音頭を取り　万歳万歳と人々は唱和した
贅沢な赤飯で空腹を満たした幸福に浮き浮きとわたしは
　走りまわり
これ、座敷わらし　と呼ばれては
空いた酒の徳利をもって台所へ行った
と母が　すいと姿を隠した
その母を追ってわたしはみたのだ
納戸の蔭で母は蹲り　肩を小刻みに震わせていた
おいで　と母は言い　黙って懐にわたしを抱きしめた
働き手のない食えない小作
田を手離し　わたしら家族は祖母と母の針仕事で糊口（ここう）を
　しのいだ
あくる年　うららうらとした春の日だった

ああ　いいことがありそうだと思ったときだ
庭で百舌が鋭く鳴き
黒い人影と舞いこんだ　それは
父戦死のしらせであった
悲哀さえ世間の目に凍りついていた銃後[*2]
銃後とは空を刺す竹槍の暦日だった
わたしらの小さな村にまで敵機がやってきて無差別に銃
　弾を浴びせ
そしてあろうことか　原爆の閃光が空を劈（つんざ）いた
焼土と化した国
昭和二十年夏　村人は数珠を繰（く）るしぐさで
公会堂に額を合わせ
玉音という奇妙なアクセントの声がラジオから流れるの
　を聞いた
日本は降伏条件を受諾した
――戦争に敗（ま）けた　と言ったのだ
父親はいなくとも子は育つ　とは誰に教わった言葉だろ
　う
くる日も来る日も呪文のようにわたしは心に唱えた

おお　その父が不意に帰ってきたのだ
よれよれの軍服にゲートル姿で
ある日　亡霊のように父が土間に立っていた
お前　お前か？　父の名を呼び　わなわなと声を震わせ
　た祖母
父の手が　ふわりとわたしの頭上で水母のように浮かび
一言　父はわたしに言ったのだ
――まだ白狐の面はあるか？
その日から白狐は父に棲みついたのだ
父の眉間に深い傷跡があった
その夜　父は白狐の面を被り
おれは　今日から生き直す　と
すこし戯（おど）けた口調で語った
だが父の覚悟は長くつづかなかった
いつしか眦（まなじり）の裂けた白狐の貌に変わったのだ
田畑なく　定職なく
父は二個四（ニコヨン）[*3]と呼ばれる日雇労務者になった
粕取り[*4]　父は日毎に安酒に溺れ
メチール酒精（アルコール）さえ口にして命を危うくしたこともあった

夏は年ごとに父をことさら狂わせた
蝉の鳴き声をきくと　にわかに苛立ち
蝉の群がる樹を伐り倒した
卓袱台（ちゃぶだい）を蹴り　たしなめる祖母をののしり　母を殴り
かと思えば心の沼底に錘を抱えて沈みこんだ
夜は、そう夜こそ父の魔の刻だった
父はしばしば同じ夢に魘されて叫んだ
ソノオンナハ　ニンプダ
サスナ　コロスナ
ウォッー　と声にならない呻きとともに
父は寝床に跳ね上がり
おびただしい汗を拭いもせずに頭を抱えて茫然とした
日に月に父の暴力は烈しくなり　ある時
ぐい飲み酒盃を投げつけて柔順な母の額を傷つけた
わたしは父を憎んだ
とっさに台所に走り包丁を手に握って父の前に立った
すると父は…
父は弱々しくわたしをみつめながら深い沈んだ声で言っ
たのだ

いいんだよ　坊ず
それで　いいんだよ
――坊ず。ああ、それは何年ぶりの懐かしい呼名であっ
たろう
わたしは　よろよろと戸外にでた
あくる日　父は拳銃で
おのれの顳顬（こめかみ）を撃ったのだ
父の机の抽出しに割れた白狐の仮面があった
遺書はなかった
が仮面の下にノートがあった
「戦中懺悔録」
と書き出して半ばで止めた父の手記がわたしの肺腑を抉
った
豪雨の後の川岸に引き出された男と女は農民の服を着て
いた
こいつは支那人（チャンコロ）[*5]の便衣隊[*6]だ
お前はこの男を殺（や）れ　と上官に命じられた
上官の命令は天皇の命令なのだ

上官に背いて私刑（リンチ）にあいたくはない
自分は川岸の崖っ縁（ぷち）に男を引き据えて銃を構えた
男は恨みと怒りをこめて自分を見た
思わず自分はその目にうろたえ
目を瞑って引き金を引いた
銃弾が外れ
上官の短剣が眉間に飛んできた
——こうするんだ
自分は恐怖に引き攣（つ）られながら男の額に銃口をあてた
——丸太のごとく男は濁流の中に転がり落ちた
だが女は男の妻だ
敵国の民として妊婦の腹部をも切り裂く
それは明らかに戦争の殺人をこえた残虐な犯罪ではないか
目に焼きついて離れない　あの兇悪を見過ごした自分もまた
父の手記はそこで途切れていた
わたしは父の眉間の傷の何ゆえかをさとり
ニンプが妊婦であることを知った
——いいんだよ　坊ず
その声に思わず包丁を取り落としたあの時
父は自分を罰してくれ、とわたしに哀願したのではなかったか
わたしの海馬で　ふいに空気が希薄になるのを感じた
わたしは毀れた白狐の仮面を被って咽（むせ）んだ
語り終えてなかば惚（ほう）けた顔をさらしている青鮫の姿をみながら
ママン　ぼくは再びあなたの言葉を思いだしていた
《幽明の界は月が孵化する場所なのね》
はかない祖母の野辺送り
ママンと二人　白木の箱を前にして
破れ障子の座敷から　ただぼうっと月を眺めたあの夜のことだ
ママン　あなたがつと縁側に立ち上がり
月にむかって手のひらを芒のようにそよがせた　折しも
どこか遠くからきこえてきた鐘の音が

ぼくの海馬にいつまでも揺曳していたことを——

（墓碑銘）

黄泉の戸に
からからまわる
風車
夏逝く　そらに
幽かなる鐘

＊1　旧陸海軍の検察官。文官、多くは旧大学法学部卒からの任用で軍法会議の構成員となった。戦犯には問われていない。
＊2　戦場の後方。直接戦闘に加わらない一般国民。（広辞苑）
＊3　昭和二十年代の半ば、職業安定所からもらう定額日給が二百四十円（百円を「一個」として、二個四（ニコヨン））程度であったからいう。（広辞苑）
＊4　ここでは、米や芋から急造した粗悪な密造酒のこと。
＊5　中国人に対する蔑称。
＊6　日中戦争時、平服を着て敵の占領地に潜入し、後方攪乱をなした中国人のグループ。（広辞苑）

Ⅸ　引き裂かれた黙示

——青鮫。彼はいつ姿を消したのだろう
彼は　ほんとうにいたのだろうか
春らんまんと花が咲き
花が舞えば風とともにあらわれる
春の霊（すだま）にあやされて
ぼんやりと格子にもたれているぼくの
薄ら明かりの海馬の奥処で
ママン　呼鈴（ベル）がけたたましく鳴っている
いつまでも響いて鳴り止まない
（なんてうるさい呼鈴なんだろう）
呼鈴…？　いや、あの音は誰かが家の戸をたたいている
　音だ
ああ　夜中に警官がきて戸をたたき叫んだのだ
——なぜ　あのときの光景が今思い浮かんできたのだろ
　う
そうだ　青鮫だ

拳銃で顳顬を撃って自死した彼の父のことを
青鮫がぼくに告白したせいだ
ママン　あなたは警官と二こと三言話して戻ると
取り乱した声で髪を掻き毟り口走った
（ぼくが目ざめているとも知らずに）
ああ　お父う　お前のお父うが誰かを救けようとして……
身繕いもせずに　ママン　あなたは
家をとびだして帰らなかった
その夜ぼくはひどい高熱と夢魔に魘されつづけた

絵であろうか　舞台の書割だろうか
遠い砂漠にぼうぼうと油田が燃えあがり
空を焦がす黒煙に覆われた世界を背景に
一冊の部厚い書物を腋にかかえ
荊冠を頭にのせた貧しげな男が苦痛に顔をゆがめて
宙に揺れている…ではない吊るされて
小突かれ　いたぶられているのだ
憐れな　虐げられ身を捩らしたその男を挟んで
羽根かざりの帽子を被り　着飾った骸骨の女が二人
箒と包丁を手にふりかざしながら
男と男が抱えている書物を奪おうと激しくののしり合っ
　ている
その光景を取り囲み　結果いかにと
固唾を呑み　あるいは嗾しているのは
鳥や獣の仮面を被った人間の骸骨たちだ
ママン　この光景はどこかで見たことがある
そうだ　アンソールの絵の構図だ
「首吊り男の死体を奪い合う骸骨」の場面だ
だがまるでアンソールの絵とは違うのだ
死の商人でもない強盗でもない　宙に吊るされたこの男
　は
人々の罪を背負って磔刑にあった男にどこか似ている
（もしかしたらこれは　かの王庁宮殿の奥深くに秘めら
　れているという
　恐るべき誣告画　背徳の黙示絵ではないのか？）
争い合う骸骨の二人の女を取り囲んでいる鳥や獣
おお　それはみんな人間の骸骨
骸骨の群れが鳥や獣の仮面を被っているのだ

その中央に今支配者たる宣誓を終わったばかりの
首領らしい男が黄金のマントを着て傲然と
シガレットを口に啣（くわ）えて座っている
その首領がなにやら合図をするたびに画像が動き
二人の着飾った骸骨の女が歯をカタカタと鳴らしてのの
しりあい
吊るされた男が身を仰（の）け反らせ譫言（うわごと）のごとく祈りを上げ
て叫ぶのだ
おお　これぞ夢魔の正体！
ぼくは背後に忍び寄り首領の脳天めがけて発止と鉄鎚を
振り下ろした
すると鉄鎚は敢え無く宙を打ち　その弾みで
ぼくは暗黒の谷間にもんどり打っていた
（ここは世界という闇の舞台の奈落かもしれない）
朦朧と意識の掠れゆくなかでそう思ったとき
ママン　ぼくに不思議な現象が起こった
ぼくの魂がぼくから遊離したのだ

隠し絵

闇には奈落があり
透かすとそこに六道があらわれ
無明の崖を罪人たちがひっきりなしに転落してゆく
奈落は苦餓の甕から溢れだした穢れを纏って
世の中の迷路につづいているようであった
そのなかをよろめき倒れては縋りつく罪人たちの影をよ
けながら
ひたすら夢中に走ってゆくママン
ママン　あなたの足取りが夜目にもはっきりとみえてき
たのだ
此処は冥府の川岸だろうか
闇の国の聖堂だろうか
焚松が赫々と取り囲むように燃えている場所に
浮浪者の身形（みなり）をした然しどこか品位のある
初老のずぶ濡れの男が蓆（むしろ）の下に横たわっていた
すると　たった今たどりついたママンが蓆を払いのけ
その男の胸に取りすがり泣き叫んだのだ
――最愛の人であるかのように掻き抱き揺さぶるママン

ああ　ママン　なぜあなたがこの場に…？
ふいに　ママンの言葉が甦った
《お父う　お前のお父うが誰かを救けようとして…》
とすると　焚松に照らされて浮かび上がった額に
額になにゆえか深い傷跡のあるこの男が
ぼくの父なのだろうか？
父がこの世に生きていたのだろうか？
ぼくの海馬がにわかに混迷の暗い炎となって明滅した
みれば黒い服を着た覆面の者たちが片手を半ば上げたまま
沈黙の杭となって周囲に立っている
まるで秘密結社の儀式のように禍々しい
その覆面の列のなかから書物を手にしたひとりが蓆の前に立ち進み
異様な声音（こわね）で不可思議な呪文を唱えはじめた
死者の額を無数の魑魅のさざめきとなって
黄泉の雲が頻りに行き来している
夢魔の暮らしに憑かれた死者はこうしてあたかも定法のごとく
呪身の群れに監視される破目に遭（あ）うのだ
黒覆面の司祭らしい者がやがて呪文を誦じ終え
死者の口許に向けてなにかしらグラスを傾けていった
そのときだ　死者の額の傷跡から
火柱となって黄色い炎が立ちのぼったのだ
すると死者は驚愕する司祭の手を振り払い
ふいるむいろの喪の影となって
おのれの死体からゆっくりと離れながら起き上がった

☆

地上数フィートに浮かびながら
時に物思わしげに首をふりゆらゆらと何処（いずこ）へかむかってゆく
ふいるむいろの喪の影を故しれぬ深い悲哀の紲（きずな）が囚えているようであった
それは　なんの環なんの鎖なんの足枷であろう？
《ママン　喪の影の…
このひとをあなたが本当に愛していたとするなら》
——ぼくはママンの苦難の生涯を偲びながら心のうちに

反芻した
《ママン　あなたの人生とは永久に償いのない茶番
絡み合って解けない愛と死との戯れであった》と。

X　格子と霊廟

ママン！　あれはぼくのおぞましい一夜の夢魔
心の狂雲に宿った
仮初の生であったのだろうか
だが夢魔の記憶に蘇ったあの夜の取り乱したママン
ああ　よろめき走るママンの足取りを追った
あれは不思議な魂の現象だった
あれからぼくの魂の姿形（すがた）は
しばしば肉体を遊離するようになったのだ
春らんまんと花が咲き
花が咲けば春の霊（すだま）に誘われて
夢とも知らず現（うつつ）とも知らぬ
格子の内にありながら
ママン！　ぼくは自由だ
きわめて自由に今もこうして草原をあるいている
いや　地上数フィートを
ゆらめきながらむかってゆく
何処へ？
だが　ぼくには分からない
ぼくは果たしてぼくなのか父なのか青鮫なのか
それすらもぼくには分からないのだ
ただ　この世に見えないものがぼくには見える
時の簾（すだれ）　空（くう）の垣間を透かして　この世の
不可解な現象の実相がありありと見えてくるのだ
東雲（しののめ）の空に紅（くれない）がはしり
赤い針を咽（のど）に刺した鳥たちの群れが渡っていた
鳥たちは　ああして今日も
憐れな人間の営為を悼んで
太虚（おおぞら）へ葬送の柩をむかえにゆくのだ
足許に戯れながら

無数の緑の手や髪が
のびあがり伸び上がり
蒼空(そら)のかなたに目翳(まかげ)しては
仄かに笑いあっていた
曙の光が隈(くま)なく地を照らしはじめたのだ
すべての植物が感知する光の揺籃
斥候(ものみ)のごとく樹々の内部を伝令してめぐる
瑞々しい樹液の戦(おのの)き
その幽暗の囲繞に知の蘂(しべ)を点し
鬨ならぬ刻(とき)の声を上げるものがある
そう　ここから草色の文化と文明が始まったのだ

〈聖なる霊廟〉——と
滅び去ったある民族の歴史書に
謎めいた言葉で記されている
太古
われらの始祖が血脈とした星形の大地の臍(ほぞ)
その魂が飛翔の姿のままこもっている
始原の霊廟

ここにこそ　われら霊長の証があるのだ
それなのに何故？
文化と文明は慈悲と愛の香しい抱擁韻とならなかったの
か

なぜ　文明は始祖の臍を截ち血脈を乖離し
知と快楽(けらく)の水子を産みつづけてしまったのか
ママン！　ぼくには文明とは今
人類の滅亡をたくらむ
魔王への供物のごとく思えてならないのだ

XI　夢魔と伽藍

地上数フィートを揺らめいてゆく
ぼくの思念を掠めて
ふと虚空が怪しく翳った
振り仰ぐと空の窪みに何者かが蹲り
おんおんと声をあげて哭いている
僧都俊寛であった

《八百年有余ものあいだ　彼は
ああして　むなしく時間の海に帆を上げて
　舟の影を待っているのだ》
ふびんな……が
ぼくがぎくりとしたのはそのさきにあらわれた光景だっ
　た
かつて彼のキリストが
枯れよ、とののしった無花果の樹
まさしく無花果の樹の下で
誰かが祈っている？
おお　そうではない
祈りの姿で　ひとりの男が
首を吊って　だらりとぶら下がり揺れているのだ
その下で年老いた二人の尼が悲嘆に暮れている
男の顔をみてぼくは驚愕した
青鮫？　青鮫ではないか？
だがそれは見る間にぼくと瓜二つの顔に変わっていた
男の首に巻かれている布　それは
まさしく見覚えのある白い布だ

ぼくはうろたえ惑乱し
幻覚から脱れるようにその場を去り地上数フィートに浮
　かびながら
とある河原にでた
河原には見わたすかぎり
累々と野ざらしがつづいていた
眼窩という眼窩に赤い花が群がり咲いている
と何処からか　カラカラと音がきこえてきた（ような気
　がした）
みると河原の一隅に身を踞(かが)め
黄金のマントを纏ってはいるが餓鬼の身形をした男が
ひとり休みなく絶え間なく踠くように激しく空に手を廻
　していた
それはまるで究竟の際へと滑車で何かを必死に運び上げ
　るしぐさにみえた
眼だけが異様に光っている　彼を
夥(おびただ)しい無辜の魂が犇々と取り囲んでいるのが分かった
だが身形のちぐはぐなこの男は？
おおそれは鳥や獣の仮面を被った骸骨たちの首領

いや　かの赤い繭玉に映った水底の殿堂の玉座にいた魔
　王の顔そのものだった
これは　如何なる苦役か？　とぼくは訊ねた
すると彼は片手を胸に押しあて身悶えしつつ天界をしき
　りに指さした
《死者の魂？……》
彼は弱々しく頷いた
《そんな莫迦げた……》
ぼくは嘲いをこらえながらふたたび訊ねた
これは、何ゆえの罰か？
すると彼は顔の先を獣のように尖らせ
口を歪めて　ウウッーと言葉にならない声を上げた
舌がなかった
彼は舌をぬかれていたのだ
そして彼はなおも苦しげに啞の声をふりしぼり
とおい彼方の二つの方向を指さしたのだ

一つの方位には草原があり
草原に建つ大きな伽藍が幻のごとく浮かび上がった

すると遙か地平に陽炎のごとく喪の影があらわれ
次々と揺らめき立つのが見えた
それは伽藍への道を近づくにつれ
白無垢の衣に身を包んだ巡礼者の一団と知れた
やがて彼らはみな鈴を鳴らしながら
吸い込まれるように伽藍の中に入っていった

対極の方位には荒地があり
荒地の丘に広がる折れ曲がった空間に
銀色に光る物体があった
その周りを慌しく走る人形（ひとがた）の影
突如　その群れからなにかを恐れる怯え鬨がいっせいに
　あがった
エンペラー早く！
と叫ぶ声がきこえ
カプセルの中に黄金の身形をしたものが
幼児のごとく担ぎ込まれる姿がみえた
その光景は
滅び去ったある民族の歴史書の予言に鏤刻されている

地球から逃亡する
最後の権力者と近習そして数人の科学者の姿と思われた
彼らはああして永久に
宇宙の流離い人になるのであろうか？
《夢魔の生物……》
ということばがちらりと浮かび
哀れみつつぼくは思った
《人類は、この芥子粒ほどの
一握りの者のために……》
ぼくの瞼から不意に
滂沱と涙があふれでてきた

XII　霊領韻

鐘が鳴っていた
宇宙のどこかで
億年の時間を葬送する
久遠の

鐘が絶えず鳴っていた
その鐘の音にゆらめきながら草原に繚乱と花が咲き
瑠璃色にかがやく湖があった
ママン！　ぼくはそこで見た光景を忘れることができな
い
ふたたび幻のごとく草原に浮かび上がった
大伽藍から次々とあらわれでてきた者たち
おお！　それは白無垢の衣をまとった
牛や馬　そして羊や鶏の群れたち
彼らはみな初々しい額をあげて
光る湖にたどりつき
湖を囲んで睦みあい微笑み交わしながら
玲瓏と響く清らかな声で
楽しげに詩歌を詠んでいるのであった

いつからだろう？
はるかなそらに帆を上げた
巨きな舟が
煌めく無量の粒子に包まれて浮かんでいた

舳先に銀杖をもった朧な物影が立ち
なにかを見とどけるかのように
しばし舟は動かなかった
——がやがて
銀の杖が宙空にあがってきらりと光るのがみえた
と、それを合図に
舟は車輪をカラカラと鳴らしながら
太虚の彼方に消え去っていった

弥勒はいまだ顕れない

幻景（エピローグ）

暁　西の地平と
空が　燦燦と輝きわたっていた
天変か　地異か
光彩陸離として
目眩むばかりに美しい

彼方は？
と男が問うたので
蜃が気によって夥しい虹を吐いているのやも知れぬ
——奈落への誘いか
怪し、と応えた

——見極めねばならない
詩賦の種子（たね）を摘む用具だという　籠（かご）を
腰に下げ
男は　楽譜の𝄞（クレフ）の姿形（すがた）をして
雲の渦巻く空のみちを
うねりながらのぼっていった

魑魅の住処（すみか）であったか
西方浄土か　補陀落（ふだらく）であったか
杳（よう）として　彼の行方は知れない
ただ　ふりむけば

光彩の無慘に剝落した世界の窓から
禿鷹に狙われた
飢えた子どもが　ひとり
戦禍の焼土に危うく立って
虚ろな眼で
此方を見ている

（『春靈』二〇〇六年思潮社刊）

散文

フォーラム「個と人類」についての考察

私は、個という言葉のもつ意味と識別には二通りあると思います。一つはごくありふれた日常の家庭生活や社会生活のしがらみの中にある個ですね。もう一つは、観念としての世界に思想をもって向き合う個です。例えば世界はカオスに包まれている、というふうに考えてみるとします。そうしますと、原始時代から人間精神は少しも発達していない。それどころか、文明が発達するにつれて、心の闇の深さになっている。それは何故か、というふうに考える輩であるところの個です。そのカオスと心の闇の中から一つだけ重要なことを取り上げてみると、それは人類は何故戦争をするのか、という疑問に尽きるのではないかと思います。この疑問には文化と文明の発達が大きく関わりますので、文化と文明の起源について考えてみました。

原始生活共同体において、カタカナのヒトの精神の中で、文化と文明は結合的に一つに包まれていたのではないかと私は思います。その象徴的なこととして火の発明があったのではないか。火の発明は他の物質の発明とはまるでちがう。何故なら、原始人にとって火というのは、火山の火、落雷の火として、自然への畏れと信仰の対象でもあった。竈の神などというのは近代までありましたけれども、そういう信仰の対象でもあった。その火という物質を自分の知恵と手で作り、共同体の団欒の場として囲む文化があった。ところが、複合家族からヒトの増加による村落共同体へと拡大し、生活圏域が重複して獲物を取り合う利欲心の争いを生ずるようになりました。更に、それが、複合社会を形作りますと、一つの共同体では解決できないヒト・社会・民族の相剋へと発展してゆく、そこに権力欲をもった者が現れて統一国家を形成するわけです。その過程で、ヒトの物心両面が形成していた精神から、物質的発明と欲望の比重増によって、ついに文明が抜け落ちてしまったのではないか、そして現代では、文明と言えば物質文明を意味するようになってしまったのではないかと考えます。では、原始時代の文明と現代の文明は何がちがうのかと考えてみますと、それは、原始時代の文明は自然を破壊しなかったということではないかと思います。

戦争と物質文明と自然の破壊が連関するこの構図の中で、今や戦争は世界規模になってしまった。このカオスから人類を救済する方法はないのか。そこで考えられた思想が、二度の大戦を経て、日本に原子爆弾が落ちたことを契機にして起きた世界政府運動ですね。しかし、それより以前、一八七〇年代に無政府主義運動が起こっているわけです。この無政府主義運動と世界政府運動というのは、理念の本質からいうと、順序が逆になって歴史に現れてしまった。そのことが二度の大戦を含む人類の悲劇といいますか、犠牲を非常に大きくしたのではないか、と考えるわけです。一方、世界政府運動は実際的な効力はほとんどありません。実際には四年に一回くらい活動しているようですが、アムステルダムに本部があるんですけれども、テレビにもあまり報道されません。結局、この行末は、一九二〇年発足の国際連盟の精神を継承した一九四五年設立の国際連合の組織をより強化し、あるいは変えさせることによって、世界法を個人の自由と権利の保障に適用する方向しかないのかな、と考えるわけです。こうした世界の状況下で、近未来で最も懸念される問題は生命科学の発達と文明との関係です。ヒトには自己保存の延長に不老不死の願望があります。ヒトクローン胚と人工臓器の開発は、今後平行して進んでいくのではないか。その場合に、本来のヒトの生態に等しい完全な臓器や脳まで作ることができたとき、それは人類と呼ぶことができるのかどうかということが、私には素朴な疑問としてあります。

人類の未来で、他の惑星に移住した場合や重力のない宇宙空間で地球上のように普通に、自由に生活できるとすれば、それは現在のヒトの組織構造と全く異なったものになっているのではないかと思います。今年中国では月面探査のための二回目の有人飛行に成功しました。アメリカは中国に追い抜かれる危険を感じまして、中国の第一回目の有人飛行は一昨年だったのですが、去年、アメリカはすぐさま月面探査を再び実行するという計画を発表したわけです。この月面探査をマスコミは人類の夢というふうに報じておりますれども、その本質は何でしょうか。最も確実に言える現実的な目的は豊富な月資源の確保にあるのではないかと考えます。月の金属には軽合金を作るアルミニウム、それから航空機に使うチタン、核融合発電に有用なヘリウムがたくさん含まれていると考えられています。まさにこの計画は、地球規模を越えた宇宙の環境破壊と汚染につながる行為であって、国家間の利権争い、そして、ひいては宇宙間戦争に結び付きかねない計画です。少なくとも世界政府というようなものができない限りは、そういう宇宙間の戦争を起こしかねないところに結び付いていく、というふうに考えられます。一方、現世界の資源を巡る紛争や戦争のほとんどが石油の利権に基因します。ロシア・アメリカ・中国などには、膨大な油母頁岩（シェールオイル）の埋蔵がありまして、そのコスト低減の研究と実用化が進めば少しは問題が緩和されるかも知れませんが、未来に於て石油はいずれ枯渇します。そこで、原子力発電の放射性廃棄物を完全に最終処理する方法がないまま国々で開発・稼働している現状です。それならば、なぜ、石油資源や原発に代わる太陽光熱の開発を考えないのか、という疑問が生じます。その理由は、約めて結論を言いますと、太陽光熱の開発には、石油の上では、産油国の延命政策とともに消費国家間の利権が政治的に利用されていること、原発では、その本音として、原発を廃し、その技術を失えば、核戦争を想定した抑止力と称する原子爆弾製造の技術を失う結果を招きます。そうした国家間の疑心暗鬼、延いては紛争や摩擦を防ぐためには、どうしても、先に述べました超国家的な世界連邦政府の樹立が必要になってきます。国家間の利害を超えた世界政府が実現すれば、現在、たとえば大国が宇宙開発競争に注ぐ膨大な資金を、太陽光熱の研究に振りむけるだけで、太陽電池による人工衛星や電気自動車、家屋パネルの発電その他さまざまな、今の科学の発達から考えて、欠陥とされる曇日については、コストの問題を解決した需要エネルギーを蓄電する技術の開発が難しいとは思えません。それによって、石油や原発に頼らない自然の恒久で大規模な太陽光熱エネルギーの実用化は可能だと思います。そうすれば、少なくとも、石油資源に基因する紛争や戦争はなくすことができるのではないか、と私は思うのです。しかし、あの国益という妖怪が世界中を徘徊している二十一世紀の初頭では、これはなかなか絶望的なことです。ではありますが、人は人の知恵によってしか救われない。その知恵によって発明したのが神であり、哲学であると私は思うわけです。さらに加えれば、その両域に介在するのがポエム、詩であると。古代ギリシアの哲学者パルメニデスは詩で哲学を説いたという記録が残っております。それからマルクスは若い時代に大変たくさんの詩を書いていますが、『マルクス詩集』を訳しました井上正蔵さんという方の解説ですと、マルクスの詩作は『資本論』をはじめとする諸々の著作のスタートであり、ルーツであると語っております。しかし、現今、哲学も宗教ももっと進歩しなければならないと私は考えます。哲学は完全にマルクスのところで行き詰まっているのではないかと思います。サルトルを批判した構造主義も政治を包括した世界を動かす力にはなっていないんではないかと私は思うわけです。これからもいろんな新しい意匠を纏った哲学は現れるでしょうけれども、究極的にはそれら、様々な哲学を包括して、なおかつ経済学と結び付いた大きな哲学、まあそれを再生マルクス主義と呼んでもいいんですけれども、マルクスを越えるような経済学と結び付いた哲学が出現しない限り、人類の救済にはなかなか結び付いてこないのではないかと思います。

つぎに、宗教について少し触れたいと思います。神の発明は宗教の発明でもあります。しかし、それは、人が生活を営む上で、卑俗なものから神聖なものへと精神が向上してゆく過程で形成したものですから、当然、創造もあれば模倣もあります。たとえば、旧約聖書の創世紀冒頭からエデンの園の物語は、旧約聖書の一千年前に著されたシュメール人によるメソポタミア文明の「エヌマ・エリシュ」というバビロニアの叙事詩を模倣したものです。ところが、その物語のすべてを事実と信ずる原理主義者は進化論を否定して、他宗教と対立し、つねに戦争と結び付いてきました。その意味で、宗教の歴史は戦争の歴史であると言ってもよいかと思います。神は死んだと言われながら救済を待っているのが現人類だと思います。だから、神も進化しなければならない。それを阻んでいるのが神に仕えるものの権力と宗教原理であると思います。ローマ・カトリック教会の世界の信徒は七億人余りですね。世界の秩序に最も大きな力をもっていますが、西暦一〇一二年まではローマ法王という教皇の権力の座を巡って九人の法王が暗殺されているわけです。それ以後収まりまして、前のヨハネ・パウロ二世になってはじめて積極的に世界平和実現のための活動を続けました。そのヨハネ・パウロ二世でさえ、神の原理によって、女性を差別していたわけです。何故ローマ・カトリック教会では、女性は司祭になれないのか。何故、女性は神父や枢機卿になれないのか。それからまたイスラム教では、歴史的には理由があったんですけれども、いまだに女性の家庭内の隔離、それから外出時に顔や体をブルカやチャードルというもので覆いますが、それから何故解放されないのか。こうした宗教内部律の進化がなければ人類は精神文明の次へのステップを踏むことができないのではないかと考えます。

結論を述べます。現在の宇宙科学によれば、太陽が進化の最終段階で、赤色巨星から白色矮星になるということはよく知られております。その数億年前に、地球に人類は住めなくなるわけです。水星、金星と一緒に重力のバランスを失って、太陽に飲み込まれるか、でなければ宇宙のどこかに弾き飛ばされてしまうということが、今の推論になっております。その前に彗星が衝突すれば人類は滅びることも予想されます。さらに月が今、地球に近付いているという観測もあります。また、防ぐことのできない未知のウィルスが人類を滅ぼすかもしれないということが、一部専門家の間では考えられているわけです。こういう天体の中で、ヒトがたとえ生命科学の発達で千万年生きることができたとしましても、人類は自然の一部でありますから、この宇宙の摂理から逃れることはできません。たとえ遠未来で人類が太陽系外にですね、現在の人類とは言えない何者かになって脱出できたとしても、六十億のヒトが移住できる訳はありません。わずかの権力者と科学者くらいではないかと私は考えます。個と人類の、個がそんな宇宙の無量大数の中の一つの個にすぎないとすれば、「遊びやせんと生まれけん」と考えるか、「一期は夢よ、ただ狂え」と興ずるかはヒトそれぞれの精神の自由な形態ではありますが、詩人であるならば、その絶望感に止まらない考える葦でありたいと思うのです。

現人類は、ほぼ六十億人のホモ・サピエンスの起源を、遺伝子によって遡ってゆくと、アフリカの一女性に辿り着く、という説を私は信じます。そこから導きだされることは、ヒトという個があって、民族があって人類がある、というベクトルの次元ではありません。それとは逆ベクトルの思考方向です。アフリカの一女性こそ、人類の総和である。その総和の中に、民族があり、ヒトである個が包まれているのだと考えます。私自身は、そういう思想を砦として詩を書いてゆきたいと思います。精神の中から脱け落ちた文明を取り戻す、精神文明の回復に人類の未来を託したいと思います。

＊本稿は第四回詩と創造セミナー・現代詩フォーラム「詩と文明」（二〇〇五年）での発表に加筆修正を行った。

（「詩と創造」五十四号、二〇〇六年一月）

色ガラスの彼方の岸辺に

反(そむ)きたる若き命のさ迷ひに十字の路を知らずまがれり

その生涯を暗示しているような、尾形亀之助十八歳のときの短歌会詠草の一首であるが、亀之助の短歌はどれも、若書きとは思えないほど澄明で深い感性をそなえている。

仙台文学館の秋の催しである「日本の詩一〇〇年の軌跡」（一九九九年九月二十五日～十一月七日）の会場に、尾形亀之助の油彩原画「化粧」が展示されている。大正十年制作、現存する唯一のもので、大正期の前衛美術運動を示す作品としてパリのポンピドゥ美術館にも出品（一九六八～六九）された記録がある。

この絵については、『仙台市史・特別篇3美術工芸』の「仙台が生んだ前衛画家1・尾形亀之助」に、現三重県立美術館長酒井哲朗氏が、「直線、弧線、円などの記号化されたフォルムに中間色の柔らかい色彩を対比させて、リズミカルな詩情を感じさせる（略）尾形の芸術を推測する貴重な資料である」と記し、絵葉書で残っている《朝の色感》、図版でみることのできる《或る殺人犯の人相書》、三角形を基本にした幾何学的フォルムの断片によって構成された抽象絵画《コンダクター》を論評、大正期（一九二〇年代）新興美術運動のなかで活躍し、モダニズムの一角に位置づけられながら、三年に満たない美術活動に突然終止符を打った尾形亀之助の画業について詳述している。

　注目すべきことは、亀之助の第一詩集『色ガラスの街』の詩篇が、その頃、絵画と併行して書かれていたことである。亀之助の絵画と美術理念が、詩とかかわりないと考える向きもあるが、それは不自然だと私は思う。全九十七篇中、第三詩集『障子のある家』の想念にもつながる意味で特に関心を惹かれた作品が二篇ある。「隣の死にそう（ママ）な老人」と「ある来訪者への接待」である。前者は倦怠と鬱屈を日常的幻想の底ふかく包みこんでいる一典型作品として。後者は、絵画《朝の色感》（色刷絵葉書）にみる、牧歌的な光景を単純化し、弧線と曲線でデフォルメしたなかに、自由な諧謔の潜みを感じさせるモダニズムへの通底管として。

逢ふまいと思つてゐるのに不思議によく出あふ
そして
うつかりすると私の家に這入つてきそう（ママ）になる

（「隣の死にそう（ママ）な老人」部分）

どてどてとてたてたてたてた
たてとて
（略）
みみみ
ららら
らからからから
ごんとろとろろ
ぺろぺんとたるるて

（「ある来訪者への接待」部分）

不意の来客をもてなす賑やかな情景の記号化か、なにやら呪文か禅問答めいて、おかしみのある作品である。草野心平後年の蛙の詩の擬声語を思いだす。

　前書きが長くなったが、編集部から依頼があったとき、私はとっさに、「尾形亀之助――《障子のある家》――オブローモフ――無用者の軌跡――キナ臭い蠅が文学者達の肩に止っていた時代を自ら置き去りにした詩人」などと、切れ切れに作品からの印象が脳裡をよぎった。だが、いかなる詩人の業蹟も作品自体の発現するものが全てであると考え、実生活の行状にはおよそ興味のない私なので、亀之助についても作品以外に殆ど知らなかった。まずは、世評高い秋元潔著『評伝 尾形亀之助』を読んだ。が、その序文に、「尾形亀之助の詩と思想を端的に示すのに、「意識的オブローモフ」という言葉はいちばんふさわしいと私は思う。」とあるではないか。私個人の理解には、これだけで充分なのだ。さらに、日頃親しい詩兄であり、作家・評論家として『詩人石川善助 そのロマンの系譜』の著者でもある藤一也には、昭和三十六年（一九六一）八月発行の仙台の詩誌「方」二十三号に「尾形亀之助のこと――この無用なるもの」という評論のあることがわかった。藤一也は書いている。

「彼ほど自己の存在を、人間を、無用のものとして問いつめた詩人はいない。それは厭世でもなければ、感傷でもない。まして絶望でもない。一切が無意味になる存在である。（略）その幻想が実存的・神秘的・あるいは超自然的なものではなくて、まず、何よりも情緒的なものであったという、その同じ意味で、尾形亀之助はシャガール風な幻想家であったといえよう。が、シャガールと異って、尾形亀之助には、精神の支えになるような何らの故郷も、思い出も、追憶もない。」（部分・抜粋）

　藤一也は、このほか、秋元潔刊行の研究誌「尾形亀之助」に「尾形亀之助と東北学院」を考証し、分載、執筆している。

　亀之助が仙台に住んで発表活動をした期間は、大正八年（一九一九）東北学院中学四年のときに短歌文芸誌「FUMIE（踏絵）」を友人たちと創刊、翌九年に原阿佐緒創刊の「玄土」同人となり、大正十年（一九二一）五月森タケと結婚、七月上京までの二年数カ月と、昭和七年（一九三二）三十二歳、東京生活を清算し帰郷してから「歴程」十九号に散文詩「大キナ戦」を発表した二カ月後の昭和十七年（一九四二）十二月二日、四十二歳でだれにもみとられずに命終したそれまでの十年間である。その間交遊した仙台の文人は、「北日本詩人」、「麦の芽」を主宰した鈴木信治、石川善助（昭和三年上京）、原阿佐緒、童謡詩人天江富弥などであるが、直接の交遊を証左する書簡は発見されていない。『評伝　尾形亀之助』所載以外では、岡崎清一郎に宛てた在京中の葉書（昭和四年十二月二十六日消印）と仙台から出した葉書（昭和九年六月十三日消印）の二通（仙台文学館所蔵）があるだけだ。

詩集　難有ふございます。ご所望の本　いま手もとにはなく甚申わけもございません
十二日

この仙台局消印の葉書文面にある岡崎清一郎の詩集は、昭和九年四月五日と十日に続けて発行した『神様と鉄砲』と『火宅』であろう。「ご所望の本」とあり岡崎清一郎は亀之助の詩が好きだったのだ。

石川善助との交遊は、大正十三年（一九二四）日本詩人協会結成以後、具体的には石川善助が親友郡山弘史宛の大正十五年（一九二六）一月二十六日に書いた葉書文面中に「尾形と初めて会ひました」とある。『障子のある家』について、石川善助は、《光芒する小宇宙である》と評したが、まさに卓見である。その石川善助の遺文集『鴉射亭随筆』に、亀之助は昭和八年七月寄稿した追悼文で、「私達は彼の死によつて彼そのものをなくしてしまつてゐるのだ。何時の間にか地上に生れ出て、私達の眼の前で死んで行つた彼とはいつたいなんだらう。まさしく化けものであると思ふほかない。」（部分）と書いている。が、それは九年後の亀之助自身に対する挽歌でもあり、碑銘そのものだと私は思う。

仙台に亀之助の詩碑はない。善助が民謡・童謡詩人たちと親しく交わり、北方意識と郷土性が濃厚であったこ

との違いであろう。

　尾形家の財政悪化で、昭和十三年（一九三八）七月、仙台市役所に勤めはじめてからの亀之助を、いま仙台で知る人は少ない。

『宮城文学夜話』（河北新報社編集局編）に、同じ職場で机を向かい合わせて座っていた元仙台市民会館長安倍力夫氏の言にもとづく挿話が載っている。

「亀之助は黙々と仕事をしていたが、時々、机の引き出しからウィスキーのびんを取り出し、湯のみについで飲んでいた。またお昼になると、税務課の職員六十余人を相手にコッペパンを売っていた。（略）後で安倍さんがほかの人に聞くと、そのウィスキーのびんの中味はショウチュウで、亀之助は「ボクはアル中で、酒気が切れたらだめになる」と言っていたらしい。愉快なのは、ショウチュウを飲むのはアル中予防で、パンを売っているのは「病気の治療費を稼ぐため」と説明していたことだ。」

　二度目の妻優が何度目かの家出をしていた昭和十六年、北松淳子（詩誌「方」同人）は、宮城師範学校男子部附属国民学校の四年生であったが、その秋頃、亀之助の風姿を目のあたりにした様子を書いている。

「その父親が亀之助であることは、後で分ったのですが、男の子と女の子の二人を連れて学校にきました。あらたまった服装でしたけれど背広ではなく、カーキ色の国民服でした。茫洋として、上品な、お公卿さんみたいな感じでした。二人の子どもに、わたしは、さっぱりしたかわいい子どもだなあ、と思いました。亀之助が、やすみ時間に教室をみてあるいていたのです。亀之助にとって母校なので懐かしかったのでしょうか。子ども二人は、男の子が三男の黄さん、女の子は次女の渓さんです。二年と一年にそれぞれ転入学させるためにきたのだと思います。私の母が、亀之助の妹のいね（二女）さんと友達だったせいでしょうか。いまも記憶に残っているのです。」

　亀之助の父性愛が偲ばれる一場面である。長女泉は昭和十二年に、長男猟は昭和十四年に、次男茜彦は昭和二十年に附属国民学校を卒業している。猟・茜彦はすでに他界、黄・渓については不明である。

　豪壮な尾形邸はいま跡形もない。

仙台生れの今入惇は、「方」八十七号所載のスピーチ草稿「すずめろ――尾形亀之助の再生」という文章の結びで、「昭和二十年七月九日の深夜から十日未明にかけて、仙台はＢ29の空襲を受けました。うっそうとした屋敷林、築山のあった庭、その屋敷の中の、尾形亀之助の家が鮮やかな火炎をあげて焼け落ちるのを私は見ていました。不謹慎ながら私はそこに〝すずめろ〟の美しさを見たのです。」と綴っている。〝すずめろ〟は、日没の空が、あかね色とも朱色とも違う雀の羽の色のように染まる時のあわい、のこと。光から闇へ、闇からまた明るさへ、「日」に映し出される〈時〉の経過こそ、なにかしらまたキナ臭い今、詩人は見極めるべきではないか。

ここに、未発表の童謡（と伝えられる）作品がのこっている。題はない。

花ガ咲イテ
原ッパノナカニ　イナゴガ飛ンデイタ
飛行船ガ　低ク飛ンデキタ
ソシテ　飛ンデイッタ

岡ノ上ノ家ハ　赤イ　カワラ

「マヴォ」を脱退した大正十三年の作と推定される。亀之助が、母の弟で二歳年下の叔父にあたる松良宜三（音楽教育家。旧姓武田、後に仙台の私立常盤木学園の理事長兼校長になった人物）に作曲を期待して、「おじちゃん、童謡」と言って手渡した（研究誌「尾形亀之助」第十二号）という作品に違いない。

だが、これは本当に童謡として書かれたものだろうか。昭和四年の「詩神」誌上に於て、北川冬彦が詩集『雨になる朝』を批判した「童心」の応酬を考えれば、直ちには肯定しがたい。亀之助は「童心とはひどい」という題で、「詩神」同年十一月号に書き、北川冬彦に反駁している。亀之助はその文章で、〝「童心」とは田舎の小学校の先生が童謡などのセイ作の折りに「苦心」するそれ〟と、童心を童謡とほぼ同じ範疇に置き、〝「童心」が詩集『雨になる朝』のどこに発見し得るといふのであらう〟と反論、さらに〝「童心」といふものを嫌ふ〟と表明、〝暮鳥さん以後に於ては「童心」の芸術などあつてはならぬのだ〃と確言している。では、後年、研究誌十二号で北川冬彦も読んだであろう「おじちゃん、童謡」は、亀之助の気紛れか戯れだろうか。詩集『雨になる朝』のなかに、「原の端の路」という詩がある。

夕日がさして
空が低く降りてゐた
枯草の原つぱに子供の群がゐた
見てゐると――
その中に一人鬼がゐる

この二つの詩を、夕陽＝花、子供の群＝イナゴ、空＝飛行船、赤イカワラ＝鬼、というように構図を入れ替えてみると、発想設計の相似性は詩法そのものの顕れであることがわかる。

「童心」の無意識行為の一面は、かなりに利己的で残酷なものである。「童謡」即「童心」と理解するかどうかにも問題はあろう。が、「詩神」誌上での、亀之助にとって分の良くない過敏な反駁は、北川冬彦には詩の本質がわからないのだ、と言っているように私は思う。なぜなら、それは亀之助の創造姿勢と関わりが深い。亀之助には大正期新興美術運動の先駆者であった矜持がある。絵画の制作は八十点前後と推定するが、唯一伝世した絵画の「化粧」や絵葉書・図版をみると、すべての絵の手法が違う。北川冬彦との応酬の全文を読んで考察するのだが、三冊の詩集も、亀之助自身としては、それぞれ異った味わいをもつ詩集を意図してつくったのではないか、と私は思う。未刊に終ったが、趣向の異った『短編集』の出版も考えていたというのだから――。北川冬彦は、現代詩の革新運動をつづけた詩人だ。そのことは再評価されてもよい頃ではないか、と関わりない私などは思うのだが、亀之助との確執は、時代に対処する姿勢と資質の違いからきた「創造性の摩擦」である、と私は考える。一方、亀之助が非権力意識をもっていたと確信すれば、時代の罠に対処する姿勢の在り方こそが重要であって、「童心」の色分けなど埒もないことである。昭和三年

（一九二八）には、警視庁内の特高が独立し、言論の統制と思想弾圧が始まっていた時代なのだ。
『晩翠・省吾・亀之助』の著者である菊地勝彦は、高村光太郎が昭和二十三年十二月五日に、仙台の「河北新報」に寄せた「尾形亀之助を思う」の文章のなかで、「このやうな詩人をあれだけで死なしめた日本の貧しさ、あはれさを思ひ、憮然とする」と最大級の賛辞を捧げていることについて、戦争謳歌を書いてしまった光太郎の亀之助に対する負い目をみているが、鋭利な洞察である。〈日本の貧しさ〉、それは時代の罠にはまり、日本文学報国会に名を列ね、辻詩集に躍如とした日本の詩人の〈思想の貧しさ〉そのものではなかったか。

　亀之助の餓死自殺については諸説があるが、それは自然死でもどちらでもよいことだと思う。いずれ人の命数には限りがあるのだ。ただ思うに、子供たちを生家に託せないほどであれば、詩をやめても生計をたてる覚悟をしたであろう。詩論「跡」に綿綿と綴った亀之助の子供へのやさしさと、素顔を虚無にさらされた「ひょっとこ」の内面をみることは哀しい。さらに、人が読むことを知りながら、そう思われたくはないであろう亀之助の矜持を思う。

　亀之助作品の幻想の底の虚しさには、無頼と言えば気品があり、高貴と言えば幽明さだまらぬ物影としか言いようのない落魄の揺曳がある。ただ、その生死の軌跡をたどって確かに思われることは、その生涯は、精神という得体の知れない籬から、色ガラスの彼方の岸辺に旅立った、この世に用なきものの漂泊の姿である。

＊文献・資料を読んだ感想

(1)実に、沢山の人が亀之助について親しみをもって書いている。こんなに有名になっていいのかどうか。詩史の隅に、仄かに光っていてほしい気もする。

(2)亀之助の詩は、俳諧（俳句）の素養と、ゴーゴリの「抒情と笑い」にも共感して読んだであろうロシア文学と、石原純の口語歌の影響が資質に作用して形成された稀有の才能であると思う。

(3)いろいろと学んだが、亀之助のように透明で余情の深いプリズムをもった詩人の詩は、蕉風の定法に従えば、やはり、「松のことは松に聞け」が最良である。

（「現代詩手帖」一九九九年十一月号）

回想——R・M・リルケから学んだ事柄

「一枚の葉にも奥行がある」とは、リルケが秘書をしていた「ロダンの言葉」です。若年時、心琴に響いたその言葉は、現在に至るまで、私の心奥から消えることはありませんでした。リルケの可視的なものから不可視的なものへの探求は、このロダンの言葉が動因となった思索の発見ではないか、と考えます。私にとって以後この言葉は魔術的に作用しました。それは、自然の事象や現象のみならず、人類の歴史や文明、文化、宗教、そのほかの全てについて、（1）平面的にではなく、立体的に透視し考察すること。（2）視えないものを視る力を養うこと。（3）つねに、多角的、鳥瞰的に解析すること。（4）詩人は見者の位置にあるべきこと。等々を会得させてくれました。それは、そのまま現在の私の詩創造の姿勢や作品の構成方法に連環するように心がけています。

のっけから、大仰な感想になりましたが、私の思想形成の模索過程は、私がその訳著書から学んだ優れたリルケ研究の諸家から見れば、我流の解釈や会得のしかたであることは自明です。内心忸怩たる思いはありますが、私にとって、冒頭句は発展的に独自の詩と思想を醸成するための《動因》でもあったのです。その動機的理由の一端は、リルケをめぐる当時の日本詩界の状況にありました。私の記憶では、日本におけるリルケの影響は、一九四六年（昭和二十一）頃から著書が紹介され始め、軍国主義に歪められた詩人の戦後の精神的復活、就中、不易の芸術を渇望する詩人の心を鷲づかみにしました。主知派と称する傾向が勢いを増すかたわら、多くの詩人がリルケに傾倒し強い影響を受けました。その状況は一九六三年（昭和三十八）頃までつづいたと思います。リルケの相似形詩という言葉が使われるようになりました。実証的に、一読してリルケの影響が明らかな、しかし優れた作品が多く現れました。感嘆しました。が、私の心にやがて疑念が生じました。優れてはいるが、どれも『形象詩集』か『時禱詩集』の相似形範囲に止まって見えることでした。何故、『ドゥイノの悲歌』や『オルフォイスにささげるソネット』に匹敵する作品を志向しないのだろう？　しかし、リルケという偉大な魂の相似形に止まる限り、それは無理なことだと思われました。詩は、固有の思想の発見を根底にした言葉のイメージの創造である、という思いから、しだいにリルケに傾倒する心から遠離り、独自の詩心の風光を拓きたいと模索しました。目前に、マルクス、キルケゴール、サルトル、カミュ、カフカ、ドストエフスキーなどが次々に現れ、新旧約聖書を座右に置きながら夢中になって読み漁りました。札幌の時計台旧屋が市立図書館だった場所に、一九四八年（昭和二十三）頃から二年間ほとんど毎日通ったことは貧窮に苦しんだ時代の懐かしい思い出です。敢えて、リルケとは遠い、あるいは相対したような思想書に没頭した日々でしたが、それでもいつも、脳裏を離れなかったリルケの言葉があります。「〈経験〉が、樹木の樹液のように幽暗をめぐり、血となり肉となって見分けがつかなくなったとき、そこから立ち昇ってくるもの」――は、私の詩創造の大きな糧でありました。まさしく、当時の私にとって、思想書、哲学書を主とした読書は大きな〈経験〉そのものでありました。そして、最後に、埴谷雄高が最も身近な思想家として現前しました。

敗戦直後から、一九五〇年（昭和二十五）頃まで詩作と同時的に制作していた短歌、俳句は、私の生涯の仕事ではないと知って遠のいておりましたが、椎名麟三の小説を読んで、ドストエフスキーを読み始めた頃、稚拙な一、二篇の小説を書いて「文芸首都」という雑誌の同人にもなりましたけれど、一作も発表しないうちに、私にとっては文学的事件に遭遇しました。「戦後文学の記念碑的作品である未完の長篇小説」（白川正芳解説）という埴谷雄高の『死霊』を読んで驚倒しました。それより以前、精神病棟の独房にいる青年の時代的苦悩をテーマに小説を書こうとしていた私の構想は一瞬にして砕かれたのです。『死霊』は戦後すでに書き出されて「近代文学」に発表されていたことさえ私は知りませんでした。とても、小説では埴谷雄高を超えることはできない。だが詩ならば、譬喩の力でこのような大きな文学としての詩を書けるかも知れない、と考えました。そのとき、心奥に宿っていたリルケが浮かび上がってきたのです。埴谷雄高の文学に比肩し得ぬまでも、私は私の「悲歌」を書こうと、決意しました。そんな無謀な精神の昂揚の中で、前述の小説の構想を散文詩の構想にあらためました。それが、第一詩集『縮図』に収録した「ヤム書　第一詩篇」の原型（部分）です。しかし、その着想は頓挫しました。朝鮮戦争（一九五〇年〜五三年休戦）以後、ベルリンの壁崩壊（一九八九年）へとつづく世界の激動は、埴谷雄高の『死霊』さえ、もはや私にとって世界を解析する鍵ではなくなりました。私は再び、リルケから学んだ、〈経験〉が血肉と化して立ち昇ってくる内なる思想の姿を凝視することに集中しました。そこから、人類に戦争が絶えないことの問題意識として、顕れてきたのが、リルケが、ギリシャの女性詩人サッフォーに見た永遠の愛、無償の愛です。《愛》の本質とは何か？　人は、本当に人を愛することができるのか？　という問いを前に、すでに長らく私は作品の中で《愛》という言葉を用いることができなくなっていました。ようやくそれが可能になったのは、第三詩集『黄泉草子形見祭文』（一九九七年）の同題名作品と、作品「夢葬り」によってです。《愛》

のデカダンスに堕入っていた長い呪縛から解放される思いがしました。ついで、私が曲り形にも、それまで思いつづけてきた私の《悲歌》を書くことが成就したと思ったのは、齢八十も間近になって出版した第五詩集『春靈』（二〇〇六年）によってです。私の文学探求の在り様を約めれば、リルケから詩人の孤独と《物》の見方を学び、ドストエフスキーの神と悪魔との葛藤と或問の中にのたうち、埴谷雄高から人類の未来図を透視する力を養った《経験》の探求でもありました。その意味で、第五詩集『春靈』は私の詩と思想の集成であります。

ここまで書いてきて、不意に今、思い出したことがあります。すでに手許にはない私の初期詩篇「離反」の中のフレーズです。

遠離りつつ旗を降る
それは訣れの一つの合図かも知れぬ

私は、多くの憶い出や恩恵や親しいものをふりすてて今日に至りました。私の心を育て抱擁し培ってくれた、それらすべてに親愛を籠めて思い出しました。然し、はてな？とまた思い返します。ひょっとしたら、これは私の記憶の錯覚で、リルケへの感謝と畏敬の念をいだきながらリルケ文学の彼岸に去った私が、心の幽暗にひそめたリルケの詩集のどこかに鏤刻されている詩句ではなかったか、と。

（『ヴォルプスヴェーデにおけるリルケとフォーゲラー展』図録、二〇〇八年譚詩舎刊）

作品論・詩人論

詩魂と不条理——尾花さんの永遠の詩世界

溝口章

尾花さんが先達詩人として顕彰される、そうお聞きして、あるべき詩人の私の願いと重なり、心が騒ぎすぎたのであろうか、その喜びの意味を伝えることが、思いの外むずかしい。

詩が、もし文芸の亦芸術一般の更には哲学や宗教の、つまり人間が生きることのすべての領域に浸透し、とどまることを知らない、形而上的なエートスをもつとすれば、例えば病いと日々の暮しに、あるいは生死の業に苦しみ、埴谷雄高『死霊』の世界の感化力に打ちのめされながらも、なお一途に抱えこもうとした、一青年の、次のような希望の言葉は、むしろ控え目な言挙げだったかもしれない。

「一篇の優れた詩は、一篇の優れた小説に拮抗（あるいは超克）し得るものでなければ終生の文学とするに足りないと考えるようになった。その詩法の研究を命題として今日に到る。」（『日本現代詩文庫・尾花仙朔詩集』年譜）

これはおそらく、七十代に差しかかった尾花さんが、二十代はじめのご自身をふり返って、そう記されたのであろう。そのあるべき詩と詩法を求める初一念は、第一詩集『縮図』から第五詩集『春靈』に到るまでみごとに貫かれていた。即ちその過程に在る各詩集は、次々と新たな世界を拓きながらも、常に一定の指針にむけて収斂し結実していた。これは現代の一詩人の歩みとして、あるいは不器用なまでに稀有なことかもしれない。

ところで、詩はなぜ優れた小説と拮抗し、更にそれを超克すべきと考えるのか。その答えは、詩集『春靈』（二〇〇六年刊）に求めるのが妥当かと思われる。そこには詩ならではの喩と変容を以ってする、宇宙論的な魂のリアリズムの世界、または現代の不条理に挑む実存的な形而上詩が造形されている。しかも、その根底には、悲願とする鎮魂と救済への祈りの如き思念が潜在し、亦それが極めて身近なものに発しながら、はるか遠く自他を超えた類へと及んでいた。これはおそらく尾花さんが自らに課した詩人の使命（運命）という外あるまい。従って、そこでは、詩は、小説を超える抽象の領域、即ち霊的な生命体とその関係性にむけて、詩のあらゆる言語力を駆使して、メタフィジカルにあるいはシンボリックに形象化される。それが詩のエートスの本義だろうか。

　ここでいささか乱暴な仕方ではあるが、『春靈』のそうした詩世界に浮標の如くただよう、任意のフレーズを取り上げてみる。

〈とある河原にでた／河原には見わたすかぎり／累々と野ざらしがつづいていた／眼窩という眼窩に赤い花が群がり咲いている／と何処からか　カラカラと音がきこえてきた（ような気がした）／みると河原の一隅に身を踞め／黄金のマントを纏ってはいるが餓鬼の身形をした男が／ひとり休みなく絶え間なく踠くように激しく空に手を廻していた／それはまるで究竟の際へと滑車で何かを必死に運び上げるしぐさにみえた〉

　累々の野ざらし、赤い花咲く眼窩、滑車をまわす餓鬼など、冥界の霊性が魂の現実であるかのようなシンボリックな世界が提示されている。私はそこに不条理に挑む永遠のポエジーを感受する。それはまさに埴谷の『死霊』が抱えこんだ実存と永劫の果しない主題に等しいものであった。とすればそれは同時に、詩は小説を超克すべしの命題も亦課せられたことになろう。勿論第一詩集『縮図』からそれは始まる。〈判じ絵／人生の諸相と浄土の変相を描いた判じ絵がある／旅路の森が／サレコウベを吊した草木にかわり祭の日／賑う市場は／縦にすると／気味のわるい野獣の貌がそこここに視える〉、この内的なアレゴリーの世界、幽明不定の変相図が詩の虚空に架けられ、その謎が主題の不条理を誘う。続く第二詩集『おくのほそ道句景詩鈔』は、次の詩集へと向かう思考の踊り場の如き感があった。それは芭蕉と曾良の俳諧三十句を相手に詩を以って低徊しながら、己れの「野ざらし」の詩魂を芭蕉の世界の内に確認する営為であったと思われる。第三詩集『黄泉草子形見祭文』は、それを発条に、例えば次のようなフレーズが構築されていた。

〈野ざらしの眼窩に咲いた花をみた／血染めの赤い花をみた／箸・茶碗・簪捨てて　すたすたと／狂った母がむかっていった／化野へ〉と、主題にかかわる〈化野〉のイメージがある必然をもって詩世界に立ちはだかり、それは更に第四詩集『有明まで』の、〈野ざらしの／鬼の耳から／花が咲く〉の霊的世界へと受け継がれていた。そのようにして、各詩集の主題は、第五詩集『春靈』へと一貫し、読む者は、そうした詩想が抱く象徴的原語野の、無限の地平にむけて立たせられることになる。まさにそれが、尾花さんが長年挑み続けて来た詩の現場なのであろう。そこにはやはり、小説では成し難い、詩固有の凝縮された言語力、抽象への浸透力のみが可能とする、文学の世界が存在する。それが尾花さんの詩だと考える。

私は、先にそうした詩のことばのもつ力について、エートスの論をもってした。エートスの原義は、音楽がもつ魂の感化力に発するという。尾花さんが主体とする長篇詩のダイナミズムが、それと深くかかわっている。とは言え、シンホニックな超時空の詩の流れを、サンプルによって現わすことは不可能なので、それが、明日の希望へと転ずる、一瞬の祈りの視覚、『春靈』エピローグ冒頭の、〈暁　西の地平と／空が　燦燦と輝きわたっていた／天変か　地異か／光彩陸離として／目眩むばかりに美しい〉の一節を以って、尾花さんの詩のエートス（音楽性）を示唆するにとどめ、擱筆する。

（『現代詩 2012』二〇一二年日本現代詩人会刊）

受苦（パトス）と祈り

鈴木 漠

詩人尾花仙朔を発見（ユリーカ！）したのは、伝説の編集者・出版人、書肆ユリイカ社主の故伊達得夫であった。新人発掘の目的で「ユリイカ新人賞」が設けられたのは一九五七年。第一回公募の応募総数は千三百数十篇、応募者数は四百数十名にのぼったという。しかし第一回目は受賞該当作無しで、急遽佳作三名が選ばれ、その年の「ユリイカ」九月号誌上に作品が掲載されたが、その一つが尾花さんの「お祈り」だった。六十余行に及ぶかなりの長編詩、死と再生の祈りに満ちた秀作「お祈り」が、なぜ佳作どまりだったのか、私には今もって不審に思われる。真っ直ぐに新人賞に選ばれていても良かったのではないのかと。私が尾花仙朔という詩人の存在を認識した最初だった。「お祈り」の一節を詩集『縮図』から引いてみる。

かわいらしい童子が
床の上にお坐りして
曙は　空の瞳
とおばあさまが語り遺した
闇を　支配する神様に向って
お祈りをする
「世界で　一番
　つよいヘルツを私に下さい」
すると　童子の眠りに
神の錨が降りてくる
（水底に　どうしてこんな
　素敵な緑の絨毯があったのかしら？）

そしてこの詩の最終連は、

お祈りは　隠れ家から曳きだされ
お祈りは　粛清広場に送られ
お祈りは　集団収容所で鞭打たれ
お祈りは　ガスかまどに密閉され

お祈りは　シャベルで死の穴を掘った

と、クレッシェンドをもって終っている。

ともかく「世界で一番つよいヘルツ（Herz）を私に下さい」と、篇中何度も繰り返される詩句に私は強くひかれた。当時は結核予防法の施行直前で、ストレプトマイシンなどの治療薬も普及しはじめたとはいうものの、まだまだ死の病い結核が蔓延していた時代で、尾花さんの年譜にあたってみても、尾花さんも最愛の姉上を肺結核で亡くされ、唯一の遺品として萩原朔太郎詩集『月に吠える』が遺されていたとある。尾花さん自身も肋膜炎による喀血を繰り返したらしい。尾花さんのプライヴェート面について私は全く存じ上げないし、お尋ねしたこともないが、尾花さんが幼少年期から壮年に至るまで、数々の受難に耐えてこられたらしいことは想像するに難くない。とりわけ、スーザン・ソンタグ著『隠喩としての病い』にも説かれたように、結核という疾病は癌と並んで時代を象徴する受苦そのものであったのだ。

ところで尾花さんの「お祈り」を受賞該当作無しの佳作にとどめたことについては、銓衡委員たちの思惑あってのことだろうが、当事者の伊達得夫も後悔していたのではないかと思われる節がなくもない。それというのも、その翌年、「ユリイカ」一九五八年六月号に、尾花さんの三百数十行に及ぶ長編詩「縮図」が、いっきに掲載されたからだ。

「縮図」は「または人生の予見と絵とき」と副題され、冒頭の部分は次のように書かれている。

判じ絵
人生の諸相と浄土の変相を描いた判じ絵がある
旅路の森が
サレコウベを吊した草木にかわり祭の日
賑う市場は
縦にすると
気味のわるい野獣の貌がそこここに視える
奇怪な惑いにいつまでもひたり
赤い絨毯がとうとう日に暮れるまで
絵ときに夢中になりながら

ぼくは幼年時代を過した

（以下略）

作者の構想が奈辺にあったかは知らないが私には、十四世紀初頭に書かれたダンテ『神曲（la Divina Commedia）地獄篇』に通底すると思われてならなかった。

われ正路を失ひ、人生の羈旅半にあたりてとある暗き
林のなかにありき　（山川丙三郎訳）

尾花さんは、現代の〝地獄篇〟を書きたかったのではないのか、ということが私の思い込みだった。

ところが、その三年後に伊達得夫が四十歳の若さで急逝し「ユリイカ」が幕を閉じたせいかどうか、尾花さんの作品を目にする機会が無くなってしまった。実際には尾花さんに注目する人は何人か居て、後に知ったことだが、「荒地」グループに誘われたり、「近代詩猟」の岡崎清一郎の知遇を受けたりと、けっこう作品発表の場に事欠かなかったらしい。しかし、「お祈り」「縮図」から受けた私の印象は動かしがたく、〝地獄篇〟の続きを目にしたい思いが高まるあまり、さらに三年後に、神戸から出していた私たちの同人誌「海」へのご寄稿を懇請したのだった。幸い尾花さんの賛意を得て、それからは、後に第一詩集『縮図』に結晶する秀作の数々を同誌に掲載する光栄に浴することを得たのだった。例えば「寂光の書」「雪女(ゆきじょ)まんだら」「マラソン」「星蝕韻」「サーカスしぐれ」などが、同人誌「海」に初出された作品群ということになる。

十四世紀のダンテがキリスト教の三位一体の信仰に基づいてテルツァ・リーマ『神曲』を書いたように、尾花仙朔さんの詩篇のおおよそもまた、ご自身の受苦（パトス）と祈りによって紡ぎ出されたものだと思われる。

（2014.3.13）

鎮魂と警鐘

原田勇男

一九六〇年代は現代詩が熱い時代だった。尾花さんの詩は鈴木漠さんらの詩誌「海」（神戸）で読んでいた。一九六八年、私は療養のため東京から仙台へ移住した。尾花さんとの出会いは一九七一年、仙台の詩誌「方」同人合評会の席上だった。尾花さんを神戸の詩人だと思っていたので「ユリイカ」新人賞候補、『荒地詩集』参加の雲上人のような詩人が仙台在住と知って驚いた。それ以来折りに触れて先達詩人の薫陶を受けることができるのは幸いである。尾花さんは実に神経の行き届く心優しい方で、後輩に対しても秀でた点を推奨し、励ましてくださる。だが、詩人としては屹立した孤高の詩精神と生きざまを貫いておられるのはさすがだ。

これまでの詩業を振り返ると、尾花さんの詩には父母姉妹や妻子など身内の死が色濃く漂っている。個人的な不幸だけではなく、戦争などで理不尽にも亡くなった無名の人びとを弔い、霊となった死者たちがこの世を見守るという構図が透けてみえて、個から普遍への広がりがある。第一詩集『縮図』からその傾向が顕著で、判じ絵とその絵解きなどの詩法も含め、すでに詩人固有の詩と思想の原型が表現されている。

「反芻」で繰り返されるお弔いの哀切な寓意性、「贈物」の強烈な批判精神、「虹いろの母韻にじむゆうやけの書」「寂光の書」「あさがおの書」に滲む死者への鎮魂、「雪女(ゆきじょ)まんだら」のひもじい人や病んでいる人への思いなどに、詩人の拠って立つ根拠が感じられる。「ぼくは詩人の予見をもたねばならぬ」（「縮図」）の言葉に、尾花さんの決意が表れている。

第二詩集『おくのほそ道句景詩鈔』は、芭蕉と曾良の句に触発され、豊かな想像力を駆使して自在な詩的表現を展開する。尾花さんの詩は長大で思想的な作品が特徴だが、この詩集は題材や詩型の短さ、詩的愉悦の表現において異色である。俳句、短歌など短詩型文学に通じ、東西古今の文学、哲学、宗教などへの教養を根底に、その本領を十分に発揮した作品である。

「涼しさやほの三日月の羽黒山」を下書きにして、三日月に「レモン」の一切れを想像し、そこから「天女」の姿を彷彿とさせて官能的な情景を浮かび上がらせる手法は見事である。しかし、詩人のまなざしは修辞の巧みさを超えて核心に鋭く迫る。詩人自身が生者と死者の境界に立ち、現世と異界の間をさ迷う魂を掬いながら、いのちのはかなさと貴さを慈しむのだ。総体的に俳句と現代詩の希有な融合に達している。

第三詩集『黄泉草子形見祭文』では、キリスト教や仏教、実存哲学などの思想的な展開がイメージの幻視性と結びついて、独特の詩的世界を形成している。「パウロと訣れて」では、人類の精神史が始まったイエスの使徒パウロの時代から二千年が過ぎたが、神の教えによる人類の救いはなく文明は混乱したままだ。人類の原初に触れた叡知の無量の光はどこへ行ったのかとパウロに問いながら、精神文明の回復を求める。

紙幅の関係で今回は収録されないが、詩集の表題作と詩「夢葬り」は、「なぜ生きるのか」という最もプリミティブな問いを内に秘めながら、地球という惑星の中に知的生命体として姿を現した人類の存在の根拠を問い直している。

第四詩集『有明まで』のあとがきで、詩人は「私という〈個〉と〈世界〉との関りを主題にして美しい日本語の詩を書きたい、と志して六十年近くになります」と語っている。個と世界の惨憺たる現実が日本語から抒情の甘美な蜜を奪って久しい。

地雷で足を吹き飛ばされた少年を取り上げた「畑」、世界の深淵や渦潮について明け方まで語りつづける「血の声」などの詩を読むと、私たちの生きている時代や戦乱の続く世界の状況を語るのに美辞麗句はいらない。尾花さんは「美しい日本語」が担わされている負荷と痛苦に堪えて詩を書いているのだ。

黒い神が枕元で人類の滅亡をあざ笑う「ある朝」は、まさに詩人の心が身近な所で時代を映す凄惨な鏡になることを明かす。宮城県の王城寺原で、米軍が撃った銃弾が幾億の花や草木を焼いた事実を突き付ける「晩春」では、どこにいても何をしていても、悪意の銃弾が私たちの日常に飛び込んでくることを伝える。

そしてこの詩集の圧巻はⅢの「転生」「夏の淵」「真言」「犬と冥宮」「有明まで」の作品である。尾花さんも「あとがき」で書いているように、太平洋戦争や原爆で命を落とした人々、亡くなった肉親や夫人への深い追悼の思いが込められている。これらの作品にこそ、苛酷な運命に翻弄され、命を奪われた無名の人々の怨念と悲嘆が脈打っている。

第五詩集『春靈』はこれまでの主題と詩法の集大成であり、さまざまな仕掛けを通して、時空を超えた夢魔と祈りの物語詩に結晶している。プロローグとエピローグを含む全十二章の壮大な長篇詩で、初めて読んだとき重い衝撃と深い感銘を受けた。尾花さんはなぜ魂の叙事詩とも言うべきこの大作に挑んだのか。

混迷する現代に、詩人はいかに生きるべきかと問う。「((世界は今　途方もなく不幸でむなしい／それなのに　おまえはなぜ　なんのために生きているのか？／おまえは何をしているのか？))」(「I　化外の書」)。このように自らを鋭く問いつめながら、夢魔の世界へ旅立つ。各章の導入部には「春の霊（すだま）」の気配がたちこめ、幻想の奔流が始まる。「ママン」という印象的な呼びかけが、この壮絶な物語詩を導く重要な役割を果たす。「ママン」は単に「ぼくのかあさん」だけの存在ではない。あるときは人類全体の母、広大無辺の宇宙を傷つきながらさまよう地球そのものだ。

この崇高で哀切な長篇詩は、「ぼく」が母の首を絞めたことで精神病棟に監禁され、その格子から幻影の夢魔を見るという設定で始まるが、その看守「青鮫」の存在がこの叙事詩に複雑な陰影をもたらしている。「青鮫」は「ぼく」の対他的な存在として複眼的な役割を果たす魔性の人物。少年の日に父を殺そうとしたという告白と父が戦地で支那人の夫婦を殺さざるを得なかった挿話が胸を抉る。それは戦時中、多くの日本人兵士が体験した悪夢の再現である。詩人はこの凄惨な歴史的現実から目をそらさない。

そして詩人は地球崩壊へ突き進む文明への批判と一部の権力者たちによる悪業への告発を強める。「ママン！　ぼくには文明とは今／人類の滅亡をたくらむ／魔王への供物のごとく思えてならないのだ」(「X　格子と霊廟」)。銀色に光る物体に乗って地球から逃亡する最後の権力者と取り巻き、そして数人の科学者。「《人類は、この芥子粒ほどの／一握りの者のために……》」(「XI 夢魔と伽藍」)。国家権力中枢の一部支配者による戦争や環境破壊などに対して、詩人は何度も警告を発している。

だが、詩人は人類救済を求める祈りの気持ちを忘れない。最終章「XII 霊領韻」の透き通った美しい光景に人知を超えた救済への祈りを感じるのだ。ガブリエル・フォーレが通常の「死者のためのミサ」の構成を変更して、『レクイエム』の第七曲に「イン・パラディスム(楽園にて)」を加えたように、無為の死を余儀なくされた人びとの霊を弔うため、天上の世界での安息を願う詩人の心情が静かに伝わってくる。

最後の一行「弥勒はいまだ顕れない」という詩句も暗示的だ。弥勒とは釈迦牟尼についで仏になると約束された菩薩。釈尊入滅後五十六億七千万年の後この世に下生して、釈尊の救いに漏れた衆生をことごとく済度するという未来仏のことだが、詩人は地球がそれより早く「五十億年後には(中略)太陽に殉じて滅ぶのだ」(「黄泉草子形見祭文」)として、弥勒に何らかの救済を求める。それに呼応しての詩句だけに、人類の未来を案ずる詩人の心情がこめられている。

「幻景(エピローグ)」は、印象的な詩句で終わる。「飢えた子どもが　ひとり／戦禍の焼土に危うく立って／虚ろな眼で／此方を見ている」。戦場の孤児であると同時に、宇宙の中の孤児としての人類が暗示されているようだ。春の霊が詩の器から立ちこめているような夢魔と祈りに満ちた本書は、修辞優先の閉ざされた現代詩の壁に、思想と情念の風穴を空けた希有の詩集だと言える。人類や文明の有り様を憂い、鋭い警告を発している尾花さんの詩的営為は、現代詩が到達したことがない詩と思想の領域に踏み込んでいる。

(「現代詩手帖」二〇〇六年九月号に加筆)

先達詩人　尾花仙朔氏の作品世界

こたきこなみ

尾花さん、先達詩人顕彰の御事お喜び申し上げます。私どもも待ち望んでおりました。僭越ながら長年のファンという立場から、尾花さんの大きな詩業の一端をご紹介させていただくことになりました。

まず、尾花さんの特質として深遠なる真理への強い探求志向が挙げられます。幼少時、お父上を失い、つづいてご兄弟姉妹が夭折され、ご自身も重病にかかられたと年譜にあります。ちょうど戦後の混乱期、思春期の人に不条理な運命で、ご悲嘆は想像に余りありますが、そのころ流行ったペシミズムやニヒリズムに取り込まれなかったのは、ご自分だけが助かったことにどんな意味があるのか、如何なる天の意志によるものか、考究意欲をもたれたからと拝察致します。それゆえ聖書、仏典、コーランなど、主な宗教書、哲学書、思想書を独学され、既成の宗教でなくご自分なりの信仰を求められたようです。

そして人知では及ばぬ霊知なる存在、超越的な摂理への憧れを強く持たれたと拝察致します。それが作品全体に反映されていて、運命に立ち向かう形而上的な不屈の精神が裏打ちされているのを感じます。よくある無常観にとどまらない求道精神の成果です。

テーマとされているのは、世界苦、世界的な苦難が及ぼして来る個人個人の苦しみで、戦後の人々への共感と共苦の態度に心打たれます。ご自身の生涯と思想に広汎な歴史認識を交叉させた息の長い力作、とくに初期の『縮図』は敗戦時の庶民の苦難をアレゴリーなどの手法を用い、ご自分のふところに包み込んでの叙事詩です。象徴化により寓意的に普遍化され、後世のためにも貴重な遺産となることでしょう。一人息子の戦死を信じられず怪しげな祈禱に狂気する銃後の母親を描いた「巫女がよい」も現代にリアリティを持つ重要作と思います。

近年の『黄泉草子形見祭文』『有明まで』『春靈』は世界史を俯瞰した反戦、文明批判であります。聖俗、正邪、虚実に詩情を織り成した大曼陀羅であり、長編小説ほどの読み応えがあります。それは、物質文明ばかりを尊重、眼に見えない摂理真理がなおざりにされて、崩壊にむかいつつある現代の死生観を考えさせるものです。

これらが書かれたのは何年も前ですが、大震災原発事故を経た今なおいっそうそれが実感となりました。

尾花さんの世界を通読していて、般若心経を思い出しました。「色即是空、空即是色」には多くの学者や宗教者のいろいろな解釈があります。例えば「有形の万物はすべて原因と関係性が生むもので、その本質は実体でなく空である。そして実体でなく空であるところの万物は、そのまま有形の存在なのである」など興味ぶかいものの、私には難解でしたが尾花さんの世界を拝見して、ふと合点がいきました。生まれ変わり死に代わる万物のなかの人間、滅ぶのが生命の必然ではあるが、新生を祈り再生を願う祈りこそが詩の要諦なのだと。祭文とは神への祝詞、と辞書にあります。

また、詩人のなかでも特に、尾花さんの言葉は信頼できます。(信頼から逃げようとする詩も世間にはありますす)。言葉の意味を厳しく検証され、責任を持って差し出すから必ず解ってほしいという思いが伝わり、疑うことなく読者は受け取れます。語彙が豊かで奔放な飛躍をみせ、ときに幽玄な美を展開しますが、言葉の外見イメージにのみ耽ったり、一般的に詩文学がゆるされている、曖昧多岐性に甘えることがありません。

短歌の素養から来る、雅びで味わい深い大和言葉と主知的で端正な抽象語が調和して、形而上的な思索内容も楽しんで読み進むことができます。

『おくのほそ道句景詩鈔』は芭蕉の俳句をモチーフとして奔放に想像力を駆使、古典風、時事風、コント風、などと多様に展開する尾花ワールドです。読書の歓びを堪能させてくれます。

全体背景となる事件や史実には註で行き届いた説明が添えられていて読者への配慮があります。これは表現の根拠を開示される責任感によるものでしょう。

私がいつも思いますのは、詩に限らず芸術作品は想像力をどれほど喚起させ得るかに価値づけられるのではないか。その想像力の先に直感、予見的な霊域感覚も導びかれるようです。また尾花さんには「童魚の洞」という童話作品があります。そのころまだ水俣病というものが公表されていないにもかかわらず、工場排水による現象をいちはやく捉えて、それがテーマになっているのに驚きました。これは昭和三十年宮城県教職員組合公募懸賞第一位になったものとのことです。

また『春靈』中の「Ⅵ　夢魔絵帷子」には「大津波が間もなく襲ってくるのだ／早くにげよ」というフレーズがあります。尾花さんには予知能力がおありのようです。

全体に啓示的なフレーズが数多くあります。時間のゆるす限り幾つかご紹介致します。

「祈りよりもつよい／知の切札（カード）はないか」（「Ⅲ　みぎわ、窈窕のかなたに」より「（嵌め殺し）」）は誰もが切望するものです。

「銀河系をはるかにこえた／宇宙のみしらぬ異域から／霊知の使者を遣わしてほしいのだ／われら人類歴史の墓碑銘を／無辺世界に彫（え）りこむために／宇宙の知の在所としてほしいのだ」（「黄泉草子形見祭文」）。私も切なる願いです。私も、現代人は宇宙飛行だの人工衛星などで宇宙を荒らす不遜を働いているが、宇宙は人知の及ばぬ畏怖域なのだ。ならば超越者の、人知の及ばぬ大いなる力を信じたい、と深く感じ入る次第です。

「文化と文明は慈悲と愛の香しい抱擁韻とならなかったのか」「知と快楽（けらく）の水子を産みつづけてしまったのか」（「Ⅹ　格子と霊廟」）。

「母とは　この世の外れに／無量のひと生をたばねている／黄泉の臍緒（ほぞお）のことである／無量の光りをもとめて／天にわが死をさしのべる」（「黄泉草子形見祭文」）。

「母たちはみな　ついには子のいけにえとなる命運／それゆえに生まれてはじめての泣き声は／いけにえが　いけにえを呼ぶ儀式なのだ」（「Ⅱ　ぽっかり」）。いけにえ云々は生命と生殖の深奥の厳粛な真理で、男性にしてよく気付いてくれた、と感激致しました。

「空茫とは／智慧と慈悲の喉輪つらぬく／無量の虚（きょ）の光芒のことである／死とは／空茫の在処（ありか）を生きるたましいの／永遠の形相のことである」（「星蝕韻」）。

ご静聴ありがとうございました。

＊二〇一二年日本現代詩人会詩祭・先達詩人顕彰の際の紹介ス

ピーチ原稿に加筆を行ったもの。
（「THROUGH THE WIND」二十八号、二〇一二年九月）

現代詩は、世界と戦う――尾花仙朔『有明まで』を読む

島内景二

尾花仙朔は、仙台に住む異色の詩人である。前衛俳句や前衛短歌を思わせる革新性と、東北という母性的な風土。この二つが攪拌されて、方法論に自覚的な現代詩人「尾花仙朔」が生まれた。

元禄時代には、松尾芭蕉が『奥の細道』の旅で「みちのくの地霊」に触れた。芭蕉は、みちのくの風光を十七音で切り取って圧縮し、その句に感動する読者の心の中で、いつの日か「みちのくの地霊」が解凍され跳梁するのを期した。

東北の詩人・宮沢賢治は、科学（化学）精神を加味して、みちのくの地霊を近代化しようとした。尾花仙朔は、俳句精神を父とし、みちのくの地霊を母として、詩人の生を受けた。彼の詩では、簡潔なたたずまいと、形を持たない魂の叫びとが、一つに合わさっている。

尾花の第四詩集『有明まで』は、彼の詩作の頂点だと思われる。単行本の装幀を見ると、漢字の「有明」は王羲之、平仮名の「まで」は紀貫之の書体を用いてある。論理（ロゴス）を表す漢字と、情念を表す平仮名の融合。それが、尾花詩学の父と母だった。

対立概念である「理性と情念」は、「生と死」、「現世と黄泉」などとも言い換えられる。だが尾花の世界では、生から死へ、現世から来世へと向かって、直線的に時間が流れるのではない。能舞台の橋懸かりを通って、死者の魂がこの世に蘇るように、詩人の口から洩れる言葉を「梓弓」として、黄泉の世界の霊たちが現世に姿を現してくるのだ。

だが尾花の開発した詩法は、かつてこの世を生きた死者だけを蘇らせるのではない。それだけならば、イエスもラザロを復活させている。詩人には、一度もこの世で生きたこともなく、形すら与えられなかった「もの」たちを現前させる力がある。かなたの世界から、詩の舞台へと口寄せされた「虚構のものたち」は、言葉という明確な衣装を与えられて、実在のものへと変貌する。可能性としてのみ存在した無数のものが詩人の魔法の指で引き寄せられ、光の舞台へと呼び集められる。闇から光へ。それが、『有明まで』というタイトルの意味なのではないか。

さて、この詩集は、三部構成になっており、Ⅰ・Ⅱ・Ⅲの順序で、行数が長くなってゆく。Ⅰの短詩は、比喩の力で世界を変貌させる試みである。冒頭に据えられたのは、「句読点」。始まりは、こうだ。

「目の鱗（うろこ）　そらに／ひとつ　ふたつ　やがて／群れて流れて／赤い繭を袂（たもと）に入れた秋がくる」。

鱗雲が空に浮かんでいるのだろう。それが、自分の目から落ちた何枚もの鱗のように見えた。詩人であることを自覚した尾花には、世界の真実がはっきりと見えてきたのだ。

「赤い繭」という言葉は、安部公房の『壁』に含まれる同名作品を強く連想させる。「おれ」が夕日に赤く染まった繭に変身する不条理を描いている。赤い繭になった「おれ」は、「彼」に拾われて、そのポケットに収まる。

尾花の「赤い繭を袂に入れた秋がくる」という詩句は、

秋という季節が「融けた人間たちの魂」を引っさげて来た、という意味だろう。秋は、滅びと死の季節である。

秋は「赤い繭」だけでなく、「野末の木に首数珠かけた／柘榴（ざくろ）や通草（あけび）の実」も連れて来た。それらの実の輪郭が「死の句読点」の形をしていると、尾花は言う。この比喩は、いかにも俳句的である。確かに、秋の木の実は、大きな読点や句点にも見える。

夏の輝かしかった「生」が融解し、赤い繭ならぬ「句読点」へと姿を変えた。実の中には、種子ではなく、かつて生であったもの、すなわち今は死であるものが充満している。それが、次なる春での再生を待ちわびている。

生と死に関わる秘儀を執り行う司祭が、秋という季節なのだった。優れた詩人は、死者を蘇らせるだけでなく、「ありえたかもしれないもう一つの世界」を現前させる力を持つ。詩人の言葉は、「今、ここ」という現実世界を溶かす。さらには、自ら現前させた「ありえたかもしれない可能性の世界」をも、溶かしてしまう。

詩集『有明まで』を読み進めるうちに、世界は赤い糸となって溶け始める。しまいには、「形」すらなくなる。だから、この詩集に収められた一篇一篇の詩が、「死の句読点」であり、死への一里塚なのだ。そこから、どういう世界が姿を現すのだろうか。

中篇詩を集めた「Ⅱ」からは、「寓話」を読もう。最初に、カミュの『シーシュポスの神話』から、自殺に関する哲学的な考察が切り出されている。それに続く詩の冒頭。

「賢くて／異邦人とあだなで／呼ばれていた／少年はただいちど／幼い恋をしたことがある」。

カミュの代表作『異邦人』の主人公であるムルソーを連想すれば、それで済むわけではない。ムルソーは、日本にもいた。戦後だけでなく、戦前にもいた。

『異邦人』の原著は一九四二年というから昭和十七年刊行だが、最初の翻訳は昭和二十六年だった。昭和二年生まれの尾花が『異邦人』を読んだのは戦後だったろうが、そこに戦前・戦中を生きた自分の「ありえたかもしれない青春」を、まざまざと見た。

『伊勢物語』に、「昔、男ありけり」という文章がある。

在原業平という人物には、すべての男性の夢と挫折の記憶が投影されている。尾花仙朔もムルソーに託して、「異邦人」として生きたかもしれない自らの青春を仮構する。

「都会にでて　幾年／いつしか　たましいは／空茫の住処」。

「空茫の住処」という比喩に、私は反応する。何も無いのではなくて、魂の中には空茫が充満している、という。「おれ」の魂が融けて「赤い繭」になったように、都会で生活するうちに、「異邦人」と呼ばれていた少年の心は、空の住処となっていた。

「無」が「在る」。これほど逆説的で魅力的な存在論はない。私は『源氏物語』の研究を生業としている国文学者だが、世界に誇るこの傑作は単純な虚構の物語でも、単純な真実の物語でもない。「虚構であると同時に真実である」ため、「虚構でないと同時に真実でもない」のが、『源氏物語』なのだ。

この点について思索した室町時代の宗祇は、「亦有亦空」と「非有非空」という仏教語で『源氏物語』の本質を洞察した。「亦」は、「かつ、同時に」という意味である。

虚構なるがゆえに強烈なリアリティを持っていた前衛短歌や戦火想望俳句も、この「亦有亦空」と「非有非空」という文学理論・哲学用語で解析できる。尾花仙朔の文学世界の根幹も、この世界認識に支えられている。「寓話」というタイトルは、「尾花仙朔の真実」なのだ。

さて、少年時代に「神」の存在を信じなかった彼は、「貧乏神」という立派な「神」に成りおおせた。彼は「佯狂の男」とも呼ばれている。

「人間でもなければ、神でもない」、「正気でもなければ、狂人でもない」。そういう魂の持ち主が、「空茫の住処」である。ありあまる生への情熱を持ちながら、世間的には無用の人生を送った男こそ、「亦有亦空」と「非有非空」の思想の体現者だった。すなわち、詩人の魂である。

尾花仙朔は、効果的に古語を用いる。現代語の中に死語を注入することで、古語でもなければ現代語でもない「詩語」が生成できるからだ。難解であると同時に、誰にでも理解可能なメッセージが、尾花の詩の行間から聞こえてくる。彼は、「みちのく」と「都会」とを、「亦都亦鄙」、あるいは「非都非鄙」という世界観で止揚してのけた。

「寓話」の主人公は、母親の死を電報で知る。その後で彼は、どうしたか。「都会の／とある屋根裏部屋で／虹のような／紐を／摑んで／宙にゆれていた」。

ムルソーは、母親の死に悲しみを見せず、あろうことか、人を殺した。「寓話」の少年は、自殺を選んだ。ここに、違いはあるようで、実のところは違わないのだと私は思う。

他殺と自殺が重なる精神の領域、あるいは、他殺でも自殺でも覆えない精神の領域。そこにこそ、文学の領域がある。『源氏物語』も、前衛短歌も、尾花仙朔も、そこに視軸を据えて、「今、ここ」という人間たちの存在様式を眺めている。

長篇詩を収めた「Ⅲ」には、この詩集の表題ともなった「有明まで」が含まれる。冒頭に、「夢の野に還らぬ霊（すだま）追いにけり」という俳句を置き、「芒の原をあるいていった」というふうにして、詩が立ち上がる。

「芒の原」とある。この詩の作者の名前は、「尾花」である。尾花は、「薄（すすき）＝芒」のことである。だから、「芒の原をあるいていった」とは、尾花仙朔が自らの心の闇を歩きながら、解脱の夜明けを待つという意味になる。

長篇詩「有明まで」には、「髪をふりみだした老女」や「ざんばら髪の老いた男」や「白いけもの」が登場する。彼らは「みちのく」の風土のシンボルであり、尾花仙朔の「父」や「母」や「冥界の出入口の番人」を表しているかのようだ。

自らの生の根源を凝視し、父や母の生き様と死に様を確認し、体験する。そうすれば、自分が母の胎内から血みどろでこの世に生まれ落ちた瞬間すら、他者の視点から見届けられる。さらには、父や母の未生以前から続いていた人間世界の悲惨な歴史をも、我が身に起きた事件としてヴィヴィッドに体験できる。

現在の自分に繋がる、あるいは自分とは繋がらない「人間の歴史」の記憶を、有明までずっと歩き続けながら、尾花仙朔は蘇らせる。自分史を人類史へと組み替える。それが、詩人としての尾花の天命である。

「母の啜り泣き　そして／父の号泣がきこえた／されば　故郷に還る道絶たれた兵の／魂魄を野にさすらい捜す／母はむなしく／父もまたむなしい」。

この時の尾花は、老いた両親を残して出征し、故郷から遠い戦場で無念の戦死を遂げた戦時下の若者になりきっている。

「戦は　もう／終ったよ　と／白いけものが　小さく笑いながら／偽りめいたこえで／ささやいた」。

この「戦」は、昭和二十年に終わった太平洋戦争のことだけを指すのではない。この世に、欲望を持つ人間がいる限り、地上から戦はなくならない。さらに言えば、繰り返される大地震や巨大台風などの災害で非業の死を遂げた人々が、どんなに多いことか。彼らは、すべて文明悪と人間悪と戦った「名誉の戦死者」である。

「昭和二十年八月十五日以後の日本は平和であった」と言える人は、詩人ではない。海の向こうでは戦火が絶えず、人々は今も泣いている。戦争と無縁の平和な日本という認識には、想像力が決定的に欠如している。「平和でありつつ、同時に、戦の世でもある」という認識を持つことから、詩人の人生は始まり、終わる。

「芒の原をあるいて帰った／有明／地は涯まで／野ざらしばかり」。

やがて闇は明るみ、有明が訪れた。だが視界に入ってきたのは、空茫たる芒ばかり。芒は人を招くと言われるが、招かれて現れたのは野ざらしの髑髏だけだった。招いた芒と、招かれた髑髏とは、同じものだった。人間を殺すのは人間である。

二十一世紀の闇は、明けない。現代詩の暗雲も、日本文化の低迷の霧も、晴れないだろう。「非有非空」という言葉さながらの、「明るいわけではないが、暗いわけでもない」、「救済されたわけではないが、救済されなかったわけではない」という宙ぶらりんの光景が、現代人の前に広がっている。それが、空茫である。

この宙づり状態を、言語としてリアリスティックに造型すること。そこに、尾花仙朔の詩人としての戦いがあった。尾花は、世界を相手に戦った詩人である。彼は勝ったわけではないが、負けたわけではない。だからこそ、第四詩集『有明』のあとも、詩人は歩き続ける。それが、生きることの真の意味だから。

（2014.3.18）

現代詩文庫　207　尾花仙朔詩集

発行日・二〇一四年八月二十五日

著　者・尾花仙朔

発行者・小田啓之

発行所・株式会社思潮社

〒162-0842　東京都新宿区市谷砂土原町三―十五
電話〇三（三二六七）八一五三（営業）八一四一（編集）八一四二（ＦＡＸ）

印刷所・三報社印刷株式会社

製本所・三報社印刷株式会社

用　紙・王子エフテックス株式会社

ISBN978-4-7837-0985-5　C0392